À LA POURSUITE DES ANIMAUX ARC-EN-CIEL

Maman et Papa, celui-ci est pour vous.
Sarah Ann Juckes

Pour Adrian et Emma.
Sharon King-Chai

À LA POURSUITE DES
ANIMAUX ARC-EN-CIEL

Écrit par
Sarah Ann Juckes
Illustré par
Sharon King-Chai
Traduit de l'anglais par
Véronique Mercier-Gallay

Little URBAN

PREMIÈRE PARTIE

Le renard

I

Il apparaît au cœur de la nuit noire.

Je suis en train de rêver que je suis coincée sur une île déserte quand je sens ses pattes appuyées sur ma poitrine, à la fois lourdes et vides. C'est un peu la même sensation que celle d'avoir un glaçon dans la main : tellement froid qu'on ne ressent plus rien.

Alors j'ouvre les yeux et il est là.

Comme les autres avant lui, il est baigné d'un halo pâle un peu étrange mais je reconnais quand même son pelage roux et ses yeux jaunes perçants. Une faible lueur filtre derrière les rideaux, se reflète sur ses griffes et sur le bout de son museau qui me renifle. Il est à l'affût, les pointes noires de ses oreilles dressées en direction de la porte de ma chambre.

Peut-être que je devrais avoir peur, mais ce n'est pas le cas. Ce n'est pas la première fois que je rencontre une créature de son espèce, même s'il y a bien longtemps que ça ne m'est pas arrivé et que je n'en ai jamais approché une d'aussi près. J'ai parfois aperçu une brume arc-en-ciel quand je me sentais perdue ou un éclat multicolore sous la surface de la piscine dans laquelle j'avais peur de plonger. Pourtant cette créature est bien là, assise sur ma poitrine, dans ma chambre, dans ma maison, au beau milieu de la nuit.

Un renard. Un renard *fantôme* aux couleurs arc-en-ciel.

Mon cœur palpite comme un oiseau en cage.

Le renard me regarde fixement, complètement immobile. Moi, je suis pétrifiée, mais je ressens quand même l'étrange pression lourde et vide de ses pattes sur ma poitrine.

La maison est complètement silencieuse. La lumière n'est pas allumée dans le couloir, ce qui veut dire que Maman a tout éteint pour aller se coucher. Ma fenêtre est fermée, je ne peux donc pas entendre les voitures au loin ou le vent qui s'engouffre parmi les ombres, entre les branches des arbres. C'est comme si le renard et moi étions seuls au monde.

Il y a longtemps que je rêvais de revoir un animal arc-en-ciel d'aussi près. Quand Papa est parti en Inde, j'avais vu les motifs rayés de sa valise se changer en un tigre géant ! Le fauve s'était assis à côté de moi et m'avait aidée à me sentir plus forte. Mais Papa n'avait rien remarqué quand j'avais essayé de le lui montrer et Maman non plus n'a jamais pu voir les animaux arc-en-ciel apparus depuis. J'en étais venue à me demander si je ne les avais pas imaginés.

Mais le renard est bien là. Il a presque l'air vivant. Et si je ne me souvenais pas de tous les animaux arc-en-ciel que j'ai aperçus jusqu'alors, je pourrais même croire qu'un vrai renard est entré dans ma chambre en pleine nuit pour me dévorer.

Pour en avoir le cœur net, je lui demande en chuchotant s'il est venu pour me manger.

Il pointe alors ses oreilles vers moi et retire ses pattes de ma poitrine. C'est comme si on m'enlevait un poids. Je m'assieds et mets mes lunettes pour pouvoir l'observer de plus près. Sa queue touffue est sagement posée sur ses pattes avant. Il semble immobile mais sa silhouette est animée de couleurs changeantes qui se mélangent et disparaissent rapidement, comme dans un rêve.

Je chuchote : « Je m'appelle Nora. »

Le renard penche légèrement la tête mais il ne me répond pas parce que même s'il est un fantôme, il reste un renard.

J'ai quand même l'impression qu'il veut me poser une question. Il a l'air à la fois calme et agité, silencieux et turbulent. Insaisissable.

— On doit se sentir seul quand on est un fantôme, non ?

Il se lève d'un bond et pose à nouveau ses pattes vides et froides sur ma poitrine. Mon cœur se serre. Alors je ferme les yeux et je repousse cette sensation qui monte en moi. Oui, c'est exactement ce qu'on ressent quand on est seul. Le froid et le vide, je les connais trop bien.

Je ferme les yeux très fort, je serre les poings et je marmonne en boucle : « Je suis forte, je suis forte, je suis forte. »

Le poids sur ma poitrine disparaît et ma respiration se libère, comme un oiseau qui s'échappe de sa cage. Quand j'ouvre les yeux, la pièce est vide. Pourtant, je pourrais jurer qu'un renard était assis là.

2

Aujourd'hui, c'est un Bon Jour. Je le sais parce que ce matin, Maman s'est levée avant moi et elle chantonne dans la cuisine.

D'habitude, les Bons Jours, je me précipite dans les escaliers, en pyjama, sans même prendre le temps de mettre mes lunettes.

Mais aujourd'hui, j'inspecte soigneusement ma couette, à la recherche d'une trace du renard.

Je l'appelle discrètement: « Renard ? » et j'examine le moindre recoin de ma chambre, dans l'espoir d'apercevoir un éclat multicolore ou un bout de moustache qui dépasse. Je ne vois rien, pas même un poil roux oublié sur ma couette ou une empreinte de patte sur le tapis.

Après tout, ça n'a rien d'étonnant. Les fantômes sont à la fois là et pas là, il n'y a pas de raison qu'ils laissent des traces derrière eux. Mais la déception à l'idée que tout cela n'ait été qu'un rêve me laisse comme un grand vide dans la poitrine.

— Nora ? m'appelle Maman depuis l'escalier, tu es debout, ma chérie ?

— J'arrive.

Je me précipite hors de mon lit et je m'habille si vite que j'enfile d'abord ma robe à l'envers. Je descends les escaliers et je jette mon gilet sur mon cartable déjà préparé par Maman ce matin. On doit vraiment être dans un Super Bon Jour. Je traverse la cuisine en courant et je fais un énorme câlin à Maman qui est en train de beurrer des mouillettes pour mon œuf à la coque, mon petit déjeuner favori !

— Bonjour, ma petite marmotte, me dit Maman en m'embrassant sur le haut de la tête.

J'enfouis mon visage dans son pull. Elle sent le parfum et la lessive. Je respire son odeur aussi longtemps que je peux, avant qu'elle ne disparaisse comme le renard fantôme.

— Tu veux un œuf ou deux ? me demande-t-elle en me repoussant gentiment.

— Deux, s'il te plaît.

Je m'assieds. Elle a fait les choses en grand ce matin : elle a dressé la table avec des assiettes et des couverts. Elle y a déposé un bouquet de fleurs éclatantes et elle a pressé des oranges.

Il y a des siècles qu'on n'a pas pris un tel petit déjeuner. Ces derniers temps, il y a de plus en plus de Mauvais Jours. Parfois, Maman est trop fatiguée pour préparer un repas ou trop triste pour sortir du lit. Mais moi, je vais *très bien*, parce que je sais me débrouiller toute seule. Je dois quand même reconnaître que ce matin, quand je vois Maman aussi heureuse, je sens tous mes muscles qui se relâchent.

Ça m'ennuie que ce Bon Jour tombe un vendredi plutôt qu'un week-end parce qu'on aurait pu prolonger le petit déjeuner par une sortie au parc ou au zoo ou juste dans le jardin, du moment qu'on est toutes les deux.

Elle pose mon assiette devant moi.

— Je peux rester à la maison, aujourd'hui ?

— Tu ne te sens pas bien ? s'inquiète-t-elle en posant sa main sur mon front.

— Si, si. Je me disais juste qu'on pourrait aller au zoo, toutes les deux.

Elle s'assied en face de moi. Elle a quand même l'air fatiguée. Avant, elle avait plus de taches de rousseur sur le nez qu'il y a d'étoiles dans la nuit, mais maintenant elle est tellement pâle qu'elles ont presque toutes disparu. Elle a les yeux gonflés et ses boucles brunes ont encore plus besoin d'un brossage que mes propres cheveux. Malgré tout, ce matin, on dirait qu'elle est redevenue elle-même.

— On ira peut-être ce week-end, me répondit-elle. Il y a une raison particulière pour laquelle tu ne veux pas aller à l'école ?

Je réfléchis à sa question. La vraie raison, c'est que j'ai retrouvé ma maman ce matin et que j'aimerais la garder avec moi le plus longtemps possible. Mais il y a aussi autre chose…

— Un renard est entré dans ma chambre la nuit dernière et j'aimerais être là s'il revient.

Maman lâche sa cuillère et nous sursautons toutes les deux quand elle tombe sur le plateau en verre de la table :

— Un véritable renard ?

— Non. Un fantôme, je crois. Tu sais, comme ceux que je voyais quand j'étais petite.

Maman laisse échapper un soupir de soulagement, puis me tapote le nez avec sa petite cuillère avant d'ajouter en riant :

— L'espace d'un instant, j'ai cru qu'un véritable renard était rentré dans la maison.

Je trempe une mouillette dans mon œuf.

— Tu crois qu'il n'était pas réel ?

— Je pense que tu as dû rêver. Les fantômes n'existent pas, tu le sais, non ? me dit-elle en souriant, sa tasse de thé entre les mains.

Je hausse les épaules et j'avale une bouchée.

— Tes fantômes à toi sont pourtant bien réels.

Maman pince les lèvres et je regrette instantanément d'avoir gâché un Bon Jour avec une pensée négative. Je tends le bras pour attraper sa main.

— Tu as raison, c'était sûrement un rêve stupide.

Elle serre ma main dans la sienne, mais je vois l'inquiétude se dessiner sur son visage.

Maman souffre de troubles qu'on appelle dépression. Avant d'être en arrêt de travail, elle était ambulancière, elle sauvait des vies. Mais il y a quelques mois, elle a commencé à se sentir triste. C'était un peu comme si les fantômes de sa journée revenaient la hanter. Et ses fantômes ne sont ni multicolores ni phosphorescents, ce sont des ombres en colère qui lui murmurent des idées noires.

Elle m'a tout expliqué. On en a discuté avec le docteur et j'ai pu leur poser toutes les questions que je voulais, comme « Est-ce que c'est ma faute? », « Qu'est-ce que ça va changer à notre vie? » ou « Qu'est-ce que je peux faire pour l'aider? ».

Ils m'ont expliqué que ce n'était pas du tout ma faute. Et que ça n'allait pas changer grand-chose à notre vie. Maman serait toujours ma maman. Mais parfois, elle allait être en colère ou triste. Le docteur a ajouté que la seule chose que je pouvais faire pour l'aider, c'était de la laisser tranquille quand elle en aurait besoin. Mais moi, je sais que je peux faire bien plus que ça. Je peux aider Maman comme elle aide les autres dans son travail d'ambulancière.

Je peux l'aider à aller mieux.

Maman m'embrasse la main.

— Tu as tellement grandi, mon bébé.

Je me sens rougir mais je dois dire que ça me fait plaisir qu'elle dise ça.

— Je ne suis plus un bébé, Maman.

Elle sourit et croque dans sa mouillette, ce qui veut dire qu'elle a de l'appétit ce matin.

— D'accord, mademoiselle je-suis-indépendante-et-déterminée. C'est toi et moi contre le monde entier, ma chère !

J'acquiesce, tout en finissant mon œuf. Ça a toujours été Maman et moi, ensemble. On n'a besoin de personne d'autre.

On peut parfaitement se débrouiller toutes seules, elle et moi.

3

J'aime bien Mlle Omar mais parfois elle met vraiment longtemps à faire l'appel.

Le radiateur à côté de mon bureau est en route, et la chaleur m'endort alors que la journée vient à peine de commencer et que je ne me suis pas couchée tard hier soir. Mais je me recroqueville quand même sur mon bureau, le coude sur la table et la tête appuyée sur mon poing. Je regarde par la fenêtre.

Notre classe est en haut d'une colline, alors j'ai une vue plongeante sur la statue et l'étang rempli de têtards.

Plus loin, je distingue aussi la cage à écureuils et la cour de récréation, et encore plus loin, le terrain de football où des CE2 sont en train de faire du sport. Ils sont si éloignés qu'ils n'ont pas l'air plus gros que des petites puces qui s'agitent.

Le CE2 me manque. Quand on a huit ans, on n'a pas d'autres soucis que de savoir si on réussira à mettre un but ou si la crème anglaise de la cantine aura une texture bizarre. En CE2, j'avais plein d'amis dans ma classe, on jouait au loup tous ensemble et on allait prendre le goûter les uns chez les autres, après l'école.

Maintenant, je ne peux plus les inviter à la maison. L'un d'eux pourrait faire trop de bruit ou dire quelque chose qui déclencherait une crise chez Maman. Mais c'est *très bien* comme ça. C'est mieux de déjeuner toute seule à midi, je peux lire mes livres préférés et je n'ai pas à trouver des excuses pour le comportement de Maman ou le mien.

Mes paupières sont de plus en plus lourdes et je commence à transpirer, mon dos me gratte.

Je cligne doucement des yeux et, alors que je m'apprête à fermer les paupières pour de bon, j'aperçois une silhouette multicolore un peu floue qui disparaît derrière le cerisier pleureur, près de l'étang.

Je me redresse si brutalement que ma trousse s'écrase sur le sol, interrompant Mlle Omar au milieu de son « bonjour ».

— Nora, est-ce que tu pourrais éviter de jeter tes crayons, s'il te plaît ?

Je sens que je suis rouge comme une tomate, et je sais que je devrais ramasser mes crayons immédiatement mais, au lieu de ça, je scrute le paysage à la recherche de mon renard arc-en-ciel.

Je me suis à moitié levée de ma chaise, certains de mes camarades l'ont remarqué et regardent, eux aussi, dans la même direction même s'ils ne savent pas ce qu'ils cherchent. Bientôt, toute la classe se précipite vers les fenêtres dans l'espoir d'apercevoir quelque chose qu'ils ne pourront pas voir.

— CM2 B, tout le monde à sa place ! s'écrie Mlle Omar en tapant dans ses mains.

Pourtant, elle aussi tend le cou pour regarder. Mes camarades regagnent leur place en marmonnant et en ronchonnant, certains m'observent même bizarrement. Mais ça m'est égal, je continue à fixer dehors.

Je suis certaine de l'avoir vu. Un renard à la silhouette multicolore, exactement comme celui de cette nuit.

Après ça, je gigote sur ma chaise pendant toute la leçon. Je ne lève même pas la main pour répondre aux questions de science dont je connais déjà la réponse grâce à toutes les histoires que Maman m'a racontées à propos de fémurs cassés et de métacarpes plâtrés.

Dès que sonne la récré, je me précipite hors de la classe en direction de la cour, sans même prendre mon manteau alors qu'il commence à pleuvoir. Je reste figée un moment, à analyser les alentours, à la recherche d'un éclat d'arc-en-ciel, tandis que mes camarades se bousculent autour de moi.

— Nora ! Nora ! Viens jouer au foot avec nous ! me propose Anya en tirant sur mon bras.

— Touchée ! C'est toi, le loup ! me dit Manon en me donnant une tape dans le dos.

Je les ignore toutes les deux et, l'espace d'un instant, je sens comme un grand froid dans ma poitrine, un peu comme lorsque les pattes du fantôme s'y appuyaient, la nuit dernière. Et soudain, je le vois, traversant la cour tel une comète arc-en-ciel.

Je le poursuis en courant. Les gouttes de pluie dessinent des pointillés sur les verres de mes lunettes. Je plisse les yeux pour voir à travers, le souffle court. Mon sang bouillonne d'excitation. Mes pieds foulent le goudron quand le renard se retourne vers moi, la langue pendante. Je ne le quitte pas des yeux et je ne vois donc pas le garçon qui se trouve en plein milieu de mon chemin… si bien que je lui fonce dessus.

— Hé ! me crie-t-il au moment où mon épaule heurte la sienne, faisant échapper le ballon qu'il tenait dans les mains.

— Désolée, désolée.

Je lui réponds sans lâcher du regard le renard qui vient de disparaître sous les branches du cerisier pleureur, au bord de l'étang.

Je ramasse le ballon et j'attends que le garçon le récupère, mais au lieu de ça, il me bouscule à son tour, et son épaule pointue s'enfonce dans la mienne.

Je cligne des yeux et trébuche en arrière.

Quelques enfants ont interrompu leurs jeux, ils chuchotent en cachant leur bouche derrière leur main. En colère, je jette un regard noir au garçon qui m'a bousculée, un élève d'une autre classe de CM2 qui s'appelle Nathan. Son visage est écarlate, comme s'il était sur le point d'exploser.

— Tu pourrais regarder où tu vas ! me hurle-t-il en m'arrachant le ballon des mains.

— Désolée...

Je n'ai pas le temps d'en dire plus parce que certains de mes camarades de classe se sont rassemblés autour de nous et commencent à le sermonner :

— Laisse-la tranquille, Nathan !

— Elle s'est déjà excusée, c'est bon.

Mon dos me picote à nouveau et je marmonne :

— Je n'ai pas besoin de votre aide.

Nathan serre les poings et recommence à crier, sur les autres cette fois. Et bientôt, l'école tout entière semble prendre part à la dispute et moi, j'ai l'étrange impression que mon souffle est bloqué dans ma gorge.

Ça me rappelle la dernière fois que Maman et moi sommes allées au supermarché ensemble. Elle était venue me chercher après l'école et c'est moi qui tenais la liste pendant qu'elle mettait les articles dans le panier. Tout allait bien jusqu'à ce qu'un groupe d'ados approche en parlant très fort. Ils n'étaient pas agressifs mais ils étaient très bruyants et ça a suffi pour que Maman devienne soudain toute pâle. Les bruits très forts peuvent déclencher une grosse crise d'angoisse.

À cet instant, j'ai l'impression que moi aussi, je suis en train de devenir toute pâle. Je me faufile comme je peux parmi mes camarades, mes baskets glissent sur la pelouse humide, et je me dirige vers le cerisier pleureur. À la recherche d'un petit éclat arc-en-ciel.

Je chuchote :

— S'il te plaît, Renard, donne-moi du courage, comme les autres animaux arc-en-ciel avant toi.

Tout à coup, la pluie redouble et le brouhaha de la dispute laisse place aux cris aigus des élèves qui courent se mettre à l'abri.

— Psst ! Par ici !

Une voix m'appelle sous le dôme de branches qui descendent jusqu'au sol. Je pousse un cri :

— Renard ? Mais tu es...

— Dépêche-toi, me répond la voix, avant que les maîtresses te voient.

À travers les branches, je distingue une forme accroupie au centre et je cherche une trace de couleurs scintillantes. Soudain, une main sort des feuilles et m'attire sous l'arbre. Elle appartient à un garçon avec une coupe afro et une veste à imprimé camouflage. Il me regarde avec de grands yeux.

— Ça va ? me demande-t-il. J'ai vu que Nathan t'a bousculée. Il fait tout le temps ça avec moi aussi.

— Je vais *très bien*.

Je dégage ma main de la sienne tout en regardant le dôme végétal au-dessus de nos têtes. Ici, on a l'impression d'être dans un tout autre monde. Les cris de la cour de récré se sont éteints et je n'entends plus que ma respiration rapide et le clapotis des gouttes de pluie sur les feuilles. Autour de moi, il n'y a que des branches avec des bourgeons, elles encerclent le tronc noueux qui se trouve au milieu, et aussi le garçon qui me regarde comme s'il y avait un problème, alors que tout va *très bien.*

— Tu es Nora, c'est bien ça ? Nora du CM2 B ?

Je l'ignore complètement, observant le sol et le tronc de l'arbre qui semble jaillir des pavés soulevés et retournés par ses racines.

Pas le moindre indice du renard. Je bouscule le garçon pour sortir de notre abri et regarder en direction des élèves qui sont comme des petites taches qui se précipitent chacune vers leur classe, leurs gilets au-dessus de la tête pour se protéger de la pluie. La cour de récréation est grise, les nuages sont gris, les vêtements sont gris... pas de renard multicolore. Il y a de l'agitation derrière moi et je sens qu'une main m'agrippe pour m'attirer à nouveau sous l'arbre.

— Mais qu'est-ce que tu fabriques ? me demande le garçon. Il pleut, si les maîtresses nous voient, elles vont nous obliger à rentrer à l'intérieur.

J'arrache mon poignet de sa main. Les branches s'accrochent dans mes cheveux et la transpiration dans mon dos me picote de nouveau :

— Arrête de me tirer par le bras. De toute façon, tu l'as fait fuir.

Je n'avais pas l'intention de dire ça à voix haute. Le garçon regarde autour de lui.

— Qui ça ?

Je souffle tout en essayant de dégager les feuilles de mes cheveux. J'aimerais courir dehors pour reprendre mes recherches mais le garçon a raison. La pluie frappe les pavés, j'entends au loin les dames de la cantine qui appellent les retardataires. Et même si, ces derniers temps, j'apprécie les récréations à l'intérieur parce que je peux m'asseoir et lire sans que personne ne me demande pourquoi je reste toute seule, je n'ai pas du tout envie de rentrer. Pas tout de suite.

Je m'accroupis à nouveau, toujours à l'affût d'un éventuel éclat arc-en-ciel.

Le garçon me regarde fixement :

— Tu avais rendez-vous avec quelqu'un ou...

Je refuse de le regarder. Je n'ai aucune envie de lui parler du renard. Pas parce que je suis gênée mais parce que je sais qu'il vaut mieux garder ce genre de choses pour soi. C'est pareil avec la maladie de Maman. Dès qu'on leur parle de dépression, les gens changent d'attitude. Ils deviennent super compatissants et agissent comme si c'était vraiment grave.

Alors que pas du tout !

Je reste silencieuse et le garçon aussi. Mais il continue à me regarder, comme si j'étais un livre ouvert qu'il essayait de déchiffrer. La pluie tombe de plus en plus fort, pourtant c'est le silence autour de nous qui est assourdissant.

— Je m'appelle Djibril Dupont, finit-il par me dire. Je suis en CM2 D. Je crois que tu habites en face de chez mon papy Erwin. Je suis tout le temps fourré chez lui et je te vois souvent sur ton vélo.

Je ne réponds rien alors il continue.

— Ici, c'est ma cachette secrète. Ça te plaît ? Je passe toutes mes récrés ici, pour échapper à Nathan. Tu peux rester autant que tu veux. Ça ne m'embête pas.

J'essaie d'éviter son regard inquisiteur.

— Si toi aussi il te harcèle, on peut rester tous les...

— Écoute, c'est sympa de ta part de m'inviter dans ta cachette mais je me débrouille *très bien* toute seule.

Je l'ai interrompu. Mais Djibril m'adresse quand même un grand sourire qui creuse d'immenses fossettes – on dirait des cratères de lune – dans ses joues. Et je remarque que ses yeux sont du même brun noueux que le tronc de l'arbre derrière lui.

— Moi aussi ! Mais peut-être qu'on pourrait continuer à se débrouiller tout seuls... ensemble ! J'ai plein d'idées de jeux auxquels on pourrait jouer, sinon on peut faire ce que toi tu veux.

Je soupire bruyamment en levant les yeux au ciel. Dehors, j'entends à nouveau les dames de la cantine qui appellent au loin.

— Je préfère que tu me laisses tranquille, s'il te plaît.

J'écarte les branches de l'arbre et je file.

4

À l'instant même où la piste cyclable rejoint notre rue, je sais que le Bon Jour est devenu un Mauvais Jour. Notre rue est une succession infinie de maisons identiques bien alignées qui disparaissent dans un virage en bas de la pente. Toutes les portes d'entrée se ressemblent : marron, grises ou blanches, à l'exception de la nôtre qui est rouge éclatant, comme mon vélo. Maman et moi l'avons repeinte l'année dernière et je l'adore, mais c'est aussi ce qui me permet de voir d'aussi loin la tache blanche que dessine le papier qu'elle a punaisé à mon attention sur la porte.

Je freine pour faire durer le plus longtemps possible le court trajet qui me sépare de la porte d'entrée puis je prends tout mon temps pour ranger mon vélo dans le cabanon que Maman et moi avons construit dans le jardinet devant la maison, à côté des poubelles. Mais le temps passe très vite et c'est déjà le moment de lire le mot que Maman m'a laissé et sur lequel elle a écrit mon nom d'une main tremblante.

Nora,
Je suis désolée ma chérie, je ne me sens pas bien. Peut-être que tu pourrais aller dîner chez Anya?
Je t'aime.
Maman ♡

Je regarde le cœur qu'elle a dessiné... J'aimerais tellement qu'elle me prenne dans ses bras.

Anya est l'une des filles de ma classe avec qui j'avais l'habitude de jouer, avant. Au début, j'allais chez elle après l'école, pour laisser Maman tranquille quand elle ne se sentait vraiment pas bien. Anya habite dans une grande maison, avec sa maman et son papa. Ils mangent des *pierogi* (des sortes de raviolis) et des *nalesniki*, c'est le nom polonais des crêpes. Après le dîner, on faisait du vélo dans la rue jusqu'à ce que la nuit tombe et que je doive rentrer à la maison.

Mais je ne parle plus trop avec Anya ni avec aucun autre élève de ma classe d'ailleurs. Quand j'allais chez elle, je l'entendais chuchoter avec ses parents à propos de Maman, en demandant si elle allait bien. Puis je me suis rendu compte qu'elle me laissait toujours gagner quand on faisait la course et qu'elle me parlait avec beaucoup de douceur, comme si elle avait peur de m'effrayer. Je sais bien qu'elle faisait ça pour être gentille mais ça me mettait mal à l'aise. Je vais *très bien*, Maman va *très bien*, tout va *très bien*. Je n'ai plus besoin d'aller chez eux le soir mais ça, Maman l'ignore.

J'ouvre la porte délicatement et je me dirige vers le salon sur la pointe des pieds. Maman a laissé la télé allumée et je me demande si elle y a vu quelque chose qui a changé ce Bon Jour en Mauvais Jour. Parfois, il suffit d'un mot ou d'un bruit, comme cette fameuse matinée au supermarché, et parfois, ça arrive sans raison.

J'éteins la télé et je me poste en bas de l'escalier, pour écouter.

La porte de la chambre de Maman est fermée et la maison est complètement silencieuse. Il n'y a pas si longtemps, sa porte était toujours ouverte. Elle la laissait entrebâillée pour moi, pour que je puisse la rejoindre dans son lit si je faisais un cauchemar. Elle me serrait fort contre elle et me laissait réchauffer mes pieds glacés contre les siens.

— Tu es courageuse, Nora. Tu es la personne la plus forte que je connaisse, me chuchotait-elle à l'oreille.

Je serre dans ma main le mot qu'elle m'a laissé et je ferme les yeux.

Avant même de le voir, je sens son museau glacé qui renifle mes chaussettes tigrées. Mon renard arc-en-ciel.

Mon cœur bondit dans ma poitrine. Sur la pointe des pieds, je me dirige vers le salon et je ferme la porte juste derrière lui, tandis qu'il bondit sur le canapé.

— Tu es là, lui dis-je tout bas.

Le renard se roule en boule. Il scintille en violet, en vert et en rouge. Je m'assieds à l'autre bout du canapé et j'observe son pelage, son regard perçant et la cicatrice qui traverse son museau. J'entends mon cœur battre terriblement fort dans le silence de la maison.

Je tends la main pour le caresser mais il met les oreilles en arrière, comme s'il allait sauter du canapé et s'enfuir.

— Non !

J'ai parlé beaucoup trop fort, Maman dort à l'étage. Je grimace puis je baisse la voix jusqu'à murmurer :

— Ne pars pas. Reste avec moi, s'il te plaît ?

Le renard ne répond pas. Il me regarde et fixe le mot de Maman qui me dit d'aller chez Anya. Je fais non de la tête :

— Je suis *très bien* ici. Mais… si tu pouvais rester un peu assis à côté de moi, ce serait chouette.

Le renard penche la tête sur le côté et soudain, je sens un grand froid et un grand vide m'envahir, comme s'il avait de nouveau posé ses pattes sur ma poitrine. Mais il ne part pas. Je mets des dessins animés à la télé, sans le son et avec les sous-titres, et il les regarde avec moi. Je fais mes devoirs sur la table et il se roule en boule à mes pieds. Quand mon estomac commence à gargouiller, il me suit dans la cuisine où je lis les instructions de préparation d'un plat de lasagnes surgelées, avant de le mettre dans le micro-ondes. Maman n'aime pas trop que je prépare le dîner toute seule pourtant je suis devenue une experte.

J'arrête le micro-ondes juste avant que la sonnerie retentisse et je répartis les lasagnes dans trois assiettes : une pour moi, une pour Maman et une pour le renard qui éternue quand il la renifle. Ensuite, j'écris un mot pour Maman et je le coince sous son assiette que je dépose devant sa porte. Elle la trouvera quand sa tristesse lui laissera assez de répit pour lui permettre de réaliser qu'elle a faim.

Maman,
Moi aussi, je t'aime.
Nora ♥

Toute la soirée, je m'attends à ce que le renard disparaisse comme la dernière fois, mais pas du tout. Il reste avec moi pendant le dîner même s'il ne touche pas à son assiette (les renards arc-en-ciel ont-ils besoin de manger ?) et quand je vais me coucher, il se roule en boule sur le tapis au pied de mon lit.

Je lui dis tout bas :

— Merci d'être resté avec moi.

Ses yeux jaunes me transpercent, comme s'ils pouvaient voir au fond de moi, dans cet endroit glacé où je me sens si seule, même si je vais *très bien*. Après tout, c'est moi qui ai choisi de vivre comme ça. Depuis mon lit, j'essaie à nouveau de tendre la main vers le renard et, cette fois, il se penche légèrement vers moi et pousse son front vide et froid contre ma paume.

5

L'aube filtre à travers mes rideaux. Je me réveille en sursaut d'un rêve dans lequel une mer agitée essayait de me faire chavirer. Mon cœur bat déjà si fort que j'ai l'impression qu'il pourrait jaillir de ma poitrine quand je roule sur le côté pour me retrouver nez à nez avec le renard arc-en-ciel, debout sur mon lit, haletant, les crocs luisant dans la lueur du matin.

Je pousse un cri avant de plaquer la main sur ma bouche pour ne pas réveiller Maman. Je me redresse et tâtonne à la recherche de mes lunettes, tandis que le renard saute en dehors du lit.

Il est toujours là. Pourtant je ne suis plus en train de rêver. Les couleurs arc-en-ciel de son pelage changent à un rythme effréné ce matin : un éclat de vert ou peut-être de bleu, de violet ou de rouge. Et il ne me regarde plus fixement, il tourne la tête vers moi puis vers la porte et mon tas de vêtements sur le sol.

— Tu veux m'emmener quelque part ?

Il bondit, comme s'il était sur un trampoline.

Mon cœur bondit avec lui.

Je n'entends pas Maman, mais que se passera-t-il si c'est un Bon Jour et que je ne suis pas là pour lui faire un câlin dans la cuisine ?

Le renard émet un cri, un peu comme un aboiement. C'est la première fois que j'entends un fantôme émettre un son et c'est exactement comme je l'avais imaginé : c'est fort et ça résonne puis ça grésille, un peu comme quand on capte mal la radio.

Je crois qu'il est aussi surpris que moi.

J'enfile mes vêtements du week-end. Ma salopette violette, un tee-shirt et mes chaussettes tigrées. Dans le miroir, je constate que mes cheveux bruns sont emmêlés et que ma frange part dans tous les sens mais, contrairement à d'habitude, je n'y touche pas. Je suis le renard hors de ma chambre en veillant à marcher sur la pointe des pieds quand je passe devant la chambre de Maman.

Sa porte est fermée et l'assiette de lasagnes est toujours devant, avec mon petit mot. Elle n'y a pas touché.

Je tends le bras et m'appuie sur la porte.

Aujourd'hui ne sera pas un Bon Jour. Je peux presque sentir ses fantômes qui grondent de colère de l'autre côté de la porte. Je donnerais tout pour être capable de les chasser pour de bon.

Les médecins font de leur mieux et Maman aussi mais tout le monde dit que ça prend du temps.

Mon fantôme à moi m'appelle depuis l'escalier. Je me tourne vers lui, je lui fais un petit signe de tête et je lui emboîte le pas.

Il me regarde mettre mes chaussures et se précipite dehors dès que j'ouvre la porte d'entrée.

Le petit jour commence à peine à s'étirer à l'horizon, teintant les nuages de couleurs aussi éclatantes que la fourrure du renard. Il fait assez froid pour que mon souffle forme de la vapeur. Alors je m'arrête sur le pas de la porte pour enfiler mon manteau, tandis que le renard traverse la rue vers la maison en face de la mienne, celle qui a des nains de jardin sur les marches. Là, il recommence à glapir, très fort. Mon ventre se noue et je me retourne vers la maison au cas où ça aurait réveillé Maman, mais je me souviens que personne d'autre que moi ne peut voir ou entendre les animaux arc-en-ciel. J'en rirais presque mais je remarque qu'un rideau s'agite dans la maison en face.

Je souffle au renard de *se taire* puis je sors mon vélo de l'abri, j'attache mon casque et je m'élance dans le petit matin. À cet instant, une porte s'ouvre...

— Nora ! Nora Lefroid !

Je regarde derrière moi et je reconnais l'imprimé camouflage du manteau de Djibril. Il essaie maladroitement de se faufiler entre les nains de jardin avec son vélo. Bizarrement, le renard jappe joyeusement et attend qu'il nous rattrape.

Je freine brusquement et siffle à Djibril d'arrêter de crier au risque de réveiller tout le voisinage.

Il traverse la rue et se gare à côté de moi. Il a mis son pull à l'envers et son casque n'est même pas attaché.

— Je t'ai vue depuis ma fenêtre. Mon papy et moi, on est debout depuis une bonne demi-heure. Tu vas où?

Je fixe le renard qui trottine avec entrain dans la montée. Djibril regarde dans la même direction que moi et je me retourne pour vérifier qu'il cherche ce qu'il ne peut pas voir : un renard multicolore et scintillant qui est en train de disparaître sur la piste cyclable.

Je démarre en soupirant :

— Laisse tomber.

— Hé, attends-moi !

Je l'entends derrière moi qui peine à mettre ses pieds sur les pédales et j'accélère le rythme. Dans un dérapage, je prends la piste cyclable, derrière les arbres. Je cherche des yeux le renard qui a mystérieusement pris une avance folle. Il me semble être à des années-lumière de moi.

— Mais Nora, attends ! crie à nouveau Djibril dans mon dos.

— Rentre chez toi ! Je t'ai déjà dit que je n'ai pas besoin de toi !

Non, je n'ai besoin que de mon vélo, avec ses douze vitesses et sa peinture rouge-qui-va-plus-vite. Maman me l'a offert pour mes neuf ans et il est ce que je préfère au monde parce qu'il est à moi seule. Je donne de grands coups de pédale et je sens des ailes me pousser dans le dos. Le guidon est un peu humide à cause de la rosée. En pédalant, j'ai l'impression d'animer un paysage silencieux. Je me sens libre quand je fais du vélo, c'est comme si je pouvais aller où je veux et être qui je veux. Alors je me mets en danseuse et je pédale encore plus fort. L'air me plaque les cheveux en arrière et me glace les poumons. Devant moi, le renard fantôme zigzague sur le chemin, comme s'il était plein de vie, lui aussi.

J'entends toujours Djibril qui s'essouffle derrière moi et je ne peux pas m'empêcher de sourire quand le renard saute par-dessus la haie, vers le sentier du canal. Je connais ce chemin comme ma poche alors je n'ai pas besoin de freiner pour me faufiler entre les poteaux en métal qui séparent la piste cyclable du chemin. Je me retourne pour jeter un œil à Djibril et j'ai très envie de rire quand je le vois coincé entre les poteaux.

Le renard jappe à nouveau et je crie avec lui, pédalant toujours plus vite.

J'aime bien cet endroit. L'eau du canal est calme et trouble, les feuilles des nénuphars s'emmêlent et disparaissent dans les profondeurs. En regardant attentivement vers le fond, on peut deviner les ondulations d'un poisson ou le reflet d'un chariot abandonné. Il y a aussi des passerelles qui le traversent. Chaque fois que je les emprunte, j'ai l'estomac qui se retourne, comme si j'avais peur de ne pas réussir à passer de l'autre côté. Et puis il y a les longs tunnels dans lesquels je crie mon nom pour entendre l'écho m'appeler.

Le sentier est de plus en plus étroit, bordé de petits poteaux auxquels sont parfois amarrés des bateaux. Mais il n'y a pas de bateau aujourd'hui. Il n'y a que moi et, devant, le renard qui court de plus en plus vite.

Je pédale tellement fort que je me balance à droite et à gauche. Je dérape dans le virage, dans un nuage de poussière, quand le renard se retourne un instant pour vérifier si je le rattrape.

Bien sûr que je le rattrape.

J'ai le souffle court et les muscles de mes jambes me lancent mais je suis maintenant si proche du renard que je vois ses pattes arc-en-ciel qui scintillent quand elles frappent le sol en silence. Je vois aussi le soleil qui brille bizarrement à travers son corps, comme un dessin sur un vitrail.

Je me sens courageuse, pleine de vie, et capable de faire tout ce que je veux. Je ferme les yeux un instant pour me concentrer sur le froid dans ma poitrine qui fond comme un iceberg au soleil. Quand je les rouvre, le renard ne court plus. Il s'est arrêté. Là, en plein milieu du sentier. Il me regarde.

Je vacille et j'essaie d'appuyer sur les freins mais ils glissent sous mes doigts.

Tout mon corps est secoué quand mon pied tape à terre et soudain je roule, la poussière et les pavés me mordent, mon casque frappe le sol et je vois des étoiles. Tout autour de moi devient arc-en-ciel. Quand ma glissade prend fin, je relève la tête pour voir mon vélo s'envoler vers le canal où il s'enfonce dans l'eau trouble.

— Non !

Je rampe vers le bord en criant, tendant les bras pour attraper le bout des poignées juste avant que mon vélo ne soit avalé par les profondeurs. J'essaie de toutes mes forces de le remonter mais le caoutchouc des poignées est glissant et je n'ai pas une assez bonne prise.

C'est alors que j'entends un dérapage derrière moi puis je vois deux mains qui plongent dans l'eau et des doigts qui entourent les miens.

— Je crois que je le tiens, me dit Djibril.

Mais je sais qu'il se trompe parce que moi non plus, je ne le tiens pas vraiment.

Le vélo glisse doucement vers le fond, les algues du canal l'attirent vers elles. J'ai très chaud et mon cœur tambourine dans mes oreilles. Au loin, j'entends le renard qui glapit.

Je hurle :

— Lâche-moi !

— Mais je le tiens. Laisse-moi faire et je pourrai le tirer...

— Je n'ai pas besoin de ton aide !

Je l'entends prendre une inspiration puis ses mains lâchent les miennes.

Pendant un bref moment, je tiens encore mon vélo du bout des doigts. Pendant un bref moment, je me vois le sortir de l'eau comme un trésor englouti.

Et puis le canal referme ses serres autour de lui et l'entraîne vers le fond. Alors les poignées glissent entre mes doigts. Et je regarde mon merveilleux vélo rouge couler au fond du canal, hors de ma vue.

6

Pendant ce qui me paraît une éternité ou peut-être quelques secondes, j'observe l'endroit où mon vélo a disparu, comme si je m'attendais à le voir remonter à la surface, comme si ce qui venait de se passer n'était pas réel. Mais tout ce que je vois, ce sont quelques bulles qui émanent de la vase qui emprisonne mon vélo.

— Ça va ? me demande Djibril dans mon dos.

Je me retourne brusquement. Il est encore tout transpirant, son pull est toujours à l'envers. Mes mains et mes genoux me picotent, et malgré la douleur, je sens la colère monter en moi.

— Tu as lâché mon vélo.

— Il était déjà dans l'eau quand je suis arrivé, me répond-il en ouvrant de grands yeux.

Il a raison mais je refuse de l'accepter parce que ça voudrait dire que tout est de ma faute, ce qui va contrarier Maman et la bouleverser encore plus. Les larmes me montent aux yeux, alors je détourne la tête.

— Qu'est-ce qui s'est passé ? me demande Djibril. Tu roulais tellement vite que j'ai cru que tu allais tomber à l'eau, toi aussi.

Le renard arc-en-ciel. Je me relève tant bien que mal et j'essuie mes larmes, à la recherche d'un éclat multicolore sur le chemin devant nous, mais je ne vois rien d'autre qu'un vieux sac plastique pris dans les branches d'un arbre.

— Lui aussi, je l'ai perdu, dis-je en soupirant.

Djibril regarde dans la même direction que moi :

— Tu as perdu qui ? Je peux t'aider à le retrouver, si tu veux ? Ou je peux te ramener chez toi ? Tu peux prendre mon vélo.

— Je t'ai déjà dit que je n'avais pas besoin d'aide.

Je jette un dernier regard aux eaux calmes du canal et je fais demi-tour pour rentrer à la maison. Mais dès que je pose le pied, une vive douleur dans la cheville me fait crier et je dois m'accrocher à Djibril qui m'accompagne vers un banc cassé.

Je baisse les yeux et je m'aperçois que ma salopette est déchirée aux genoux et que mes mains saignent. Je soulève le pied, m'attendant presque à voir un os cassé mais tout a l'air normal, ça ne doit pas être trop grave.

Pourtant, moi, je me sens cassée. Comme si c'était moi qui avais glissé et qui m'étais noyée dans le canal. Quand je ferme les yeux, je vois le visage de Maman qui perd ses couleurs.

Djibril s'assied sur le bord du banc, le plus loin possible de moi. Il ne dit rien et ça me soulage parce que je n'ai pas du tout envie de parler.

Au bout d'un moment, il sort un carnet usé et commence à dessiner.

Je retire mon casque, et les yeux rivés sur l'eau, je lui dis calmement :

— Je suis désolée de m'être fâchée contre toi.

— Je suis désolé que tu aies perdu ton vélo.

Je déglutis péniblement. Penser à mon vélo me déchire le cœur.

Je jette un œil par-dessus son bras pour voir ce qu'il dessine. Son cahier de brouillon est rempli de créatures multicolores. Certaines ressemblent même à des renards, avec des ailes de chauve-souris ou une crinière de lion.

— Qu'est-ce que c'est ?

— Un jeu que je fais avec mes frères. Chacun me donne un nom d'animal et je les mélange pour créer un animal imaginaire super puissant, me répond-il sans lever les yeux.

Il revient en arrière pour me montrer des éléphants avec des bois. Et tout en bas de cette page, je remarque le dessin d'une fille avec les cheveux en désordre qui se tient debout sous un cerisier pleureur. Sous le dessin, je lis l'inscription suivante :

Nora n'a pas besoin d'aide.

C'est un peu bizarre de voir mon visage et mon nom dans le cahier d'un autre élève, même si je dois reconnaître que le dessin est plutôt réussi. En fait, c'est Djibril qui est un peu bizarre, avec son pull à l'envers et sa nouvelle habitude de me suivre partout alors que je lui ai demandé un millier de fois de me laisser tranquille.

Mais bon, après tout, moi aussi je suis un peu bizarre. Je vois des animaux fantômes, je réchauffe moi-même mes lasagnes et je déjeune seule tout le temps, au point que l'école a envoyé des courriers à Maman pour lui en parler. Un jour, elle m'a assise sur ses genoux et m'a dit que c'était bien d'être bizarre. Que les gens les plus chouettes sont tous bizarres et que le truc, c'est de trouver des amis qui ont le même genre de bizarrerie que soi.

Je crois apercevoir des reflets arc-en-ciel sur le canal.

Djibril se gratte la jambe, ce qui fait remonter son jogging et découvre des chaussettes tigrées. Les mêmes que les miennes. Alors, sans même réfléchir, je lui raconte :

— C'est un renard arc-en-ciel que j'ai vu sous l'arbre hier.

Djibril lève les yeux vers moi, pas plus étonné que ça.

— Et je le poursuivais encore ce matin, à vélo, avant de tomber. Il est aussi resté avec moi toute la nuit dernière.

Je me retourne pour regarder le chemin. Pas le moindre petit éclat d'arc-en-ciel.

À part à Maman, je n'ai jamais parlé à personne des animaux fantômes, sans doute parce qu'il n'y a pas si longtemps que je les vois. Et elle a cru que c'était seulement mon imagination, alors je m'attends à ce que Djibril réagisse comme elle. Qu'il me dise que c'est dans ma tête. Que j'ai tout inventé. Que je suis une menteuse.

Pendant un bon moment, il regarde autour de lui en fronçant les sourcils, avec l'air de se demander si je lui fais une blague. Puis il baisse à nouveau les yeux sur l'un de ses dessins, celui de la créature qui ressemble à un renard, avec les ailes de chauve-souris et les bois sur la tête, et il sourit.

Il ouvre une page blanche et me demande :

— Est-ce qu'il avait des ailes, comme un faucon ? Est-ce que ses crocs étaient longs ?

— C'est juste un renard. Enfin, c'est un fantôme.

— Oh, répond-il avec une pointe de déception avant de hausser les épaules. C'est pas comme ça qu'on joue d'habitude, mais ça a l'air cool quand même. Est-ce qu'il flotte au-dessus du sol ? Est-ce qu'on peut voir au travers ?

— Tu me crois ?

Il est déjà en train de dessiner, penché sur son carnet, tirant un peu la langue.

— Hein ? Ah, ouais... Un renard fantôme... Est-ce qu'il a des super-pouvoirs ?

Je l'observe. Il porte toujours son casque, ce qui donne l'impression que sa tête est énorme. Mais son regard est doux et je peux y lire quelque chose d'autre : l'excitation. Et ça suffit à réchauffer mon cœur frigorifié.

— Il ne flotte pas au-dessus du sol et il n'a pas de super-pouvoirs mais sa silhouette est arc-en-ciel et ses couleurs sont vibrantes. Je crois aussi qu'il sait ce que je ressens...

Djibril acquiesce en notant tout ce que je lui dis autour du dessin sur la page de son carnet.

— Et il est seul ou tu en as vu d'autres ?

Quand il prononce le mot « seul », je sens mon ventre qui se tord. Je cherche à nouveau le renard des yeux.

— Il est tout seul... Mais il n'est plus là, de toute façon.

Djibril se lève pour regarder alentour.

— L'an dernier, mon papy m'a emmené voir un terrier à la casse abandonnée. Peut-être qu'on devrait se lancer dans une « chasse au renard ». Oh, et peut-être qu'il a des amis aussi... Comme un dragon ou...

Je pousse un long soupir et je lève les yeux au ciel. Djibril me sourit.

— Allez, Nora, ce sera marrant.

Il ramasse son vélo et je regarde ma cheville.

— Tu peux monter sur le porte-bagages. Je transporte souvent mes frères, c'est facile.

Je me mords la lèvre en repensant au dessin de la fille sous l'arbre dans son carnet, avec l'inscription « Nora n'a pas besoin d'aide ».

— Allez ! Je promets de ne pas t'aider du tout. En fait, c'est plutôt toi qui m'aides parce que si je rentre à la maison maintenant, je vais devoir m'occuper de mes petits frères.

Je me lève lentement et j'attache mon casque.

Il me sourit, creusant ses énormes fossettes, et il s'écarte pour me laisser monter sur le porte-bagages. Je fais bien attention à ne pas m'appuyer sur ma cheville douloureuse.

— Ça va être génial, Nora Lefroid.

7

Djibril est peut-être fort en dessin mais il est nul à vélo.

Il pédale tout doucement, ce qui est plutôt adapté au sentier du canal, mais il tient mal l'équilibre, il vacille sans arrêt. Et moi, je n'ai aucune envie de finir comme mon vélo, dans les eaux troubles du canal.

Une fois qu'on a quitté la berge et qu'on se retrouve sur le chemin de terre qui mène à la vieille casse, je commence à en avoir marre d'être ballottée dans tous les sens. Sous nos roues, les branches craquent, autour de nous les épines des buissons se rapprochent. Et quand nous amorçons la descente en bas de laquelle se trouve la casse, il appuie prudemment sur ses freins qui couinent tout le long.

Je lui demande dans l'oreille :

— Tu ne peux pas aller un peu plus vite ?

— Parfois, c'est mieux d'aller doucement. Comme ça, on a le temps de regarder ce qui nous entoure, me répond-il en riant.

Je soupire mais je regarde quand même autour de moi. Le soleil est bien levé maintenant et ses rayons percent la voûte de feuilles au-dessus de nos têtes. J'entends le bec d'un pic-vert qui martèle un tronc d'arbre au loin et je respire l'odeur des haies qui bordent le chemin. C'est chouette et ça atténue un peu la douleur d'avoir perdu mon vélo. Mais ça, je ne le dis pas à Djibril.

Quand on arrive en bas de la pente, on aperçoit le panneau de la vieille casse et, derrière un grillage abîmé, les voitures empilées, les vieux frigos et les pinces en métal.

Je me rappelle être déjà venue avec Anya et son père. La casse était tenue par une vieille dame édentée. Elle avait aidé le père d'Anya à trouver un siège de voiture pour remplacer le sien. Mais personne ne s'occupe plus de cet endroit maintenant et les carcasses de voitures écrasées ont quelque chose d'effrayant, on se croirait un peu dans un cimetière à l'abandon.

Djibril s'arrête et descend de son vélo.

— C'est cool ici, non? Mon père n'aime pas que je vienne tout seul mais on sera prudents. Ça va, ta cheville?

Il me tend la main pour m'aider à descendre du vélo, main que je repousse. J'essaie de répartir mon poids sur mes deux pieds, pour voir si ça me fait mal.

— Mieux, on dirait. Il est où, ce terrier dont tu m'as parlé?

— De l'autre côté de l'entrée. Mon grand-père dit que c'est le lieu idéal pour trouver les renards parce qu'ils adorent être ici. Il doit y avoir des tonnes de rats qu'ils peuvent manger. D'ailleurs, j'ai dessiné un rat-renard. Tu veux voir ?

Je jette mon casque sur le sol, à côté du vélo de Djibril, et je marche en direction du grillage éventré, ignorant sa question. Il court pour me rattraper.

La casse s'étend à perte de vue, avec ses murs d'objets jetés. Certaines voitures ont été broyées en forme de briques, tandis que d'autres n'ont plus de toit, un peu comme des boîtes de sardines sans couvercle. Il y a une odeur vive, un mélange d'ortie et d'animal sauvage. Je suis aux aguets, à la recherche du moindre éclat d'arc-en-ciel.

— Nora ! Viens voir ça ! me crie Djibril en grimpant sur une vieille grue à pince rouillée, posée en équilibre sur un gros monticule de terre.

Il ouvre la porte de la cabine et s'installe sur le siège avant, là où l'opérateur actionnait les leviers qui contrôlaient l'énorme pince au bout du bras métallique, pour empiler les voitures les unes sur les autres.

— Ce n'est pas ce que j'appelle « être prudent », lui dis-je, inquiète.

Ma maman m'a raconté plein d'histoires de personnes qui ont eu des accidents en s'amusant avec des machines sur des chantiers, et qu'elle a dû aider ensuite. « On s'amuse et on rigole bien, jusqu'à ce que quelqu'un soit blessé », me répétait-elle.

Je m'éloigne tandis que Djibril continue à rire et à s'amuser, en faisant comme s'il utilisait les boutons et les leviers pour tirer sur des aliens. Je trottine quand, au détour d'un virage, je stoppe net. Là, devant moi, perché sur un micro-ondes à moitié enfoncé dans une flaque de boue, le renard arc-en-ciel.

Je me retourne pour appeler Djibril mais je me ravise. J'ai trouvé le renard toute seule. Je me baisse discrètement pour qu'il ne puisse pas me voir et je tends la main vers le renard.

— Je ne t'ai pas roulé dessus avec mon vélo, ouf.

Le renard n'appuie pas sa tête contre ma main cette fois. Il jappe dans ma direction, je bondis donc sur mes pieds et m'écarte juste avant que sa mâchoire se referme sur ma cheville.

— Quoi ?

Il court en cercle autour de moi, le museau reniflant le sol, comme s'il était en chasse. J'essaie de le suivre en m'accroupissant le plus possible pour me cacher dans le virage et regarder vers la grue de Djibril. Soudain, j'entends des cris :

— Hé ! Mais c'est Djibril-le-maboul !

Je plisse les yeux pour mieux voir à travers l'aura multicolore du renard fantôme et je distingue Nathan qui grimpe sur le monticule de terre en fanfaronnant, avec une barre de métal rouillée dans la main. Djibril, la tête basse – son menton touche presque son torse –, tâtonne à la recherche de la poignée de la portière qu'il réussit à ouvrir.

Mais Nathan la referme d'un coup de pied, piégeant Djibril à l'intérieur de la cabine.

— Qu'est-ce que tu es venu faire dans la vieille casse de ma grand-mère ? Tout seul en plus ?

Djibril a l'air de vouloir disparaître. Il marmonne quelque chose que je ne peux pas entendre et Nathan éclate de rire :

— Oh, je vois. Tu joues avec tes amis imaginaires ! *Comment allez-vous, très chère personne imaginaire ?* ajoute Nathan avec un accent snob, en faisant mine de saluer une personne invisible sur sa gauche.

— C'est toi qui es là tout seul, grommelle Djibril.

Le sourire de Nathan s'évanouit instantanément.

Djibril en profite pour essayer d'actionner à nouveau la poignée de la portière, mais Nathan glisse sa barre de fer dans la poignée extérieure de la porte, de façon à la bloquer. Il ricane :

— Et si on jouait à un vrai jeu, le maboul ?

— Non merci, lui répond calmement Djibril.

— Oh, allez, c'est marrant. On va jouer à « la grue en fuite ».

Nathan fléchit les genoux et saute lourdement de la grue à pince. Il se dirige vers l'arrière du véhicule et commence à donner de grands coups de pied dans les cales qui bloquent les roues et empêchent l'engin de basculer ou de descendre le monticule de terre sur lequel il est posé.

— Donc, tu es dans une grue… et je vais la mettre en fuite.

Il donne à nouveau des coups de pied dans les cales jusqu'à ce que l'une cède, faisant dangereusement pencher la grue sur un côté. Djibril pousse un cri. Le renard grogne et moi aussi. Je me redresse, les poings serrés :

— Hé ! Descends de là !

Nathan se retourne vers moi, un éclair de peur traverse brièvement son visage, mais quand il m'aperçoit, il recommence à ricaner :

— C'est qui, Djibril ? Ta petite amie ?

— Je suis son amie. Et ce que tu es en train de faire est très dangereux, Nathan.

Le renard jappe à côté de moi mais Nathan ne peut ni le voir ni l'entendre, alors il rit de plus belle.

— Je sais, répond-il, c'est justement le but.

Il donne un dernier grand coup de pied dans la cale de l'autre roue et la grue à pince se met à grincer très fort, comme un bateau qui coule. Djibril hurle de peur. Le sourire de Nathan s'évanouit immédiatement.

Tandis que Nathan recule, je cours vers la grue en criant :

— Non !

La grue à pince glisse doucement du monticule en tournant sur elle-même. Djibril, les yeux remplis d'effroi, est secoué dans tous les sens à l'intérieur de la cabine. En bas de la butte, des pics de fer tordus sortent du sol et il y a des petits bouts de ferraille coupants tout le long de la pente.

Je grimpe sur la grue et j'essaie de toutes mes forces de retirer la barre de fer qui bloque la poignée, tandis que Djibril tambourine sur la porte vitrée. Mais Nathan a trop bien enfoncé la barre dans la poignée.

Je me retourne pour regarder ce qu'il est en train de faire et j'ai juste le temps de le voir détaler derrière une pile de voitures, si vite qu'il manque de trébucher.

— Je suis coincé ! me crie Djibril.

Je suis terrifiée et en colère contre Nathan qui nous abandonne au moment où la grue prend de la vitesse dans la descente. Je cherche du regard le renard fantôme, espérant qu'il me donnera du courage, mais il a disparu lui aussi.

Pile à ce moment-là, la grue heurte la portière cassée d'un vieux bus et m'éjecte sur le côté. Je tombe sur le dos et je ferme les yeux, de peur de voir la grue se renverser avec Djibril à l'intérieur. Mais le grincement s'arrête.

La grue s'est immobilisée. Je me relève avec précaution et j'ouvre les yeux pour regarder dans la cabine, à la recherche de Djibril. Mais il n'y est pas.

La voix tremblante, je l'appelle :

— Djibril ?

— Oui ?

Il est derrière moi, en train de tapoter ses vêtements pour les dépoussiérer.

Je me précipite vers lui. Il est là, bien vivant, avec son casque sur la tête, son pull à l'envers et son manteau. Je le serre dans mes bras, ce qui nous surprend tous les deux.

— Mais comment…

Je regarde la grue, dont la porte est toujours bloquée par la barre métallique.

— Oh, me dit-il tout penaud, il y avait une autre porte.

Je lui donne une pichenette sur le bras en riant et il rigole avec moi. Puis nous nous effondrons tous les deux sur le sol. Allongés sur le dos, nous observons les immenses piles de véhicules qui semblent toucher le ciel, tout autour de nous.

— Ça va, toi ? me demande Djibril.

J'acquiesce, en essuyant mes mains sur ma salopette :

— C'était sacrément effrayant.

— Essaie de te retrouver prisonnière d'une grue en fuite, me répond-il tout sourire.

Je me redresse pour m'asseoir et je le regarde très attentivement :

— Pourquoi tu le laisses te traiter comme ça ?

Il s'assied à côté de moi, la tête baissée :

— Si je l'ignore, parfois, il me laisse tranquille.

— Il te harcèle. Et les harceleurs ne répondent qu'à la force. Tu en as parlé à quelqu'un ?

— Non, c'est bon. Je me débrouille *très bien* tout seul.

Je soupire et pose ma main sur son épaule :

— Je n'en suis pas si sûre. Heureusement que je suis là, Djibril.

Il sourit timidement :

— Tu veux dire qu'on est amis ?

Je retire ma main de son épaule. Mais du coin de l'œil, j'aperçois le renard arc-en-ciel qui s'est posté sur le toit de la cabine de la grue à pince. Il ressent clairement le grand froid dans ma poitrine, là où j'enfouis tous mes secrets. Et je comprends soudain ce qu'il essayait de me dire depuis le début : que, peut-être, ce n'est pas une bonne idée de rester tout le temps toute seule.

Je lève les yeux au ciel et je souris :

— Ouais, OK, on est amis.

Djibril sourit aussi. Il écrit quelque chose dans son carnet, juste sous le dessin qu'il a fait de moi. J'y jette un coup d'œil furtif et je lis quatre mots. Le dernier est souligné trois fois.

DEUXIÈME PARTIE

Le lièvre

8

Le temps que Djibril nous ramène chez nous, mon estomac crie famine.

Il se gare devant le garage de la maison en face de la mienne, celle où plusieurs nains de jardin semblent s'être rassemblés pour faire la fête sur le perron.

— C'est la maison de ton grand-père ?

Djibril détache son casque et acquiesce :

— Oui. J'habite un peu plus loin dans la rue, avec mes parents et mes quatre frères. Comme c'est souvent très agité à la maison, je passe pas mal de temps chez mon papy.

— Quatre frères, ça fait beaucoup de garçons ! dis-je en sifflant.

— Oui. Chez moi, ça sent tout le temps les pieds, me répond Djibril en plissant le nez.

Je rigole en regardant la porte rouge, celle de ma maison, de l'autre côté de la rue. Chez moi, ça ne sent pas les pieds. Avant, ça sentait le savon, la pâtisserie et le bricolage. Mais c'est de plus en plus rare. Maintenant, il y a cette nouvelle odeur, collante et forte, un peu comme quand on est malade et qu'on reste toute la journée au lit.

— Tu veux venir manger quelque chose ? me demande Djibril. Je peux nous faire un sandwich. Mon papy a assez de cornichons dans ses placards pour nourrir un régiment.

Je sens qu'il m'observe.

Je fais non de la tête et je lui mens :

— Merci, ça ira. Ma maman va nous préparer un bon repas.

Je traverse lentement la rue.

— On se voit plus tard ? me crie Djibril.

— Ouais.

Je lui réponds en lui faisant un signe de la main mais sans me retourner.

Arrivée devant la porte, j'hésite un instant parce que, cette fois, il n'y a pas de mot sur la porte. C'est à la fois bon signe et mauvais signe : Maman peut aussi bien être dans la cuisine en train de faire des gâteaux ou cloîtrée dans sa chambre.

Je sens que Djibril m'observe toujours, alors je plonge la main dans la poche extérieure de mon cartable, à la recherche de mes clés, puis j'ouvre la porte. Je manque de percuter Maman. Elle a relevé ses cheveux en chignon à la va-vite et elle ouvre de grands yeux effrayés.

— Nora ! crie-t-elle en m'attirant à l'intérieur. Mais où étais-tu ?

Elle m'observe des pieds à la tête et remarque ma salopette déchirée, mes mains écorchées et la boue séchée. Son visage se décompose :

— Que s'est-il passé ?

Je lui réponds rapidement, l'angoisse me noue l'estomac :

— Je suis désolée. Je faisais du vélo au bord du canal. Je suis tombée et...

Maman me serre dans ses bras puis me relâche rapidement et me regarde, le visage pâle, en colère :

— Je me réveille et tu n'es pas à la maison. Sans même avoir laissé un mot. Et quand tu rentres enfin, tu es dans cet état ! J'ai cru qu'il t'était arrivé quelque chose de grave !

Elle crie fort. Je baisse la tête, les joues en feu.

— Je suis désolée, j'ai eu un accident.

Mais Maman ne m'écoute pas. Elle a la voix qui tremble, elle est inquiète et c'est ma faute. La culpabilité me brûle la poitrine comme une boule de lave chaude.

Je ferme les yeux pour me retenir de pleurer, pendant qu'elle continue à crier. Et j'essaie de me souvenir de ce que le docteur m'a dit. Que parfois, Maman risque de se mettre en colère. Que c'est à cause de sa dépression, pas à cause de moi. Mais je ne me souviens plus de ce que je suis censée faire dans cette situation.

— Regarde-moi quand je te parle, jeune fille !

Je relève la tête. Comme mes lunettes sont couvertes de buée, je devine seulement la silhouette en colère de Maman. Derrière elle, dans l'escalier, un éclair multicolore.

Je me fige immédiatement, alors Maman s'arrête soudain de crier et regarde dans la même direction que moi.

— Qu'est-ce qui se passe ? me demande-t-elle, la voix tremblante.

Je plisse les yeux, à la recherche du renard, en vain. Maman se retourne vers moi.

Je prends ses mains tremblantes dans les miennes.

— Ce n'est rien, je suis désolée. Je n'ai pas fait exprès de tomber et mon vélo a coulé dans le canal, il est perdu pour toujours et maintenant, tu es fâchée et moi, moi, je ne sais plus comment faire pour t'aider à te calmer, Maman. Je suis désolée...

J'essaie de rester calme mais je pleure de plus en plus fort. Dans le couloir derrière Maman, j'aperçois de longues oreilles multicolores qui s'affolent, comme mes pensées. Je n'arrive pas bien à distinguer ce fantôme mais ce n'est pas un renard. C'est un autre animal et il est terrifié.

Maman se frotte le visage et prend une grande inspiration, comme si elle essayait de chercher quelque chose tout au fond d'elle-même. Elle pose la main sur mon épaule en la caressant doucement :

— Oh, Nora ! Je suis désolée... Mes symptômes sont très forts aujourd'hui. Hier, j'ai passé quasiment toute la journée au lit, seule avec mes pensées, alors quand je t'ai vue dans cet état, ce matin...

Elle prend à nouveau une profonde inspiration et, cette fois, elle me serre fort dans ses bras, ce qui a pour effet de faire redoubler mes pleurs.

— Je suis désolée d'avoir aggravé les choses, Maman.

Elle me couvre de baisers sur la tête :

— Ce n'est pas de ta faute, tu te souviens ?

Elle m'aide à retirer mes chaussures et m'emmène dans le salon où elle ouvre les rideaux pour laisser entrer un peu de lumière. Ensuite, elle s'assied à côté de moi sur le canapé et passe ses doigts dans mes cheveux, en me regardant droit dans les yeux.

Elle a l'air fatiguée et je me demande si c'est à cause de mon accident.

— Je suis désolée d'avoir crié, ma chérie.

— Je suis désolée d'avoir perdu mon vélo, Maman.

Elle m'attire à nouveau contre elle pour me serrer dans ses bras. Elle me dit que c'est vraiment dommage pour le vélo mais que tout ce qui compte pour elle, c'est que moi, j'aille bien. Pour moi aussi, tout ce qui compte, c'est qu'elle aille bien. Je suis tellement désolée.

Mes lunettes se couvrent à nouveau de buée quand Maman s'extrait du canapé pour aller chercher la trousse de secours dans le placard de la cuisine.

Le salon est soudain bien silencieux, sans sa présence. J'essuie mes lunettes avec mon tee-shirt et j'essaie de me répéter que tout va *très bien* quand j'aperçois à nouveau une forme multicolore qui court dans tous les sens. Je plisse les yeux pour la regarder se déplacer de la cheminée au fauteuil puis à la table basse.

Je remets vite mes lunettes. On dirait un lapin très élancé, avec de longues pattes et une fourrure épaisse. C'est un lièvre.

Un lièvre *arc-en-ciel.*

Je bondis sur mes pieds au moment où Maman ouvre la porte et le lièvre détale dans l'embrasure.

— Allez, on va retirer ces vêtements boueux, me propose Maman sans remarquer que je me tords le cou pour regarder derrière elle.

Nos mains tremblent toujours alors on s'y met à deux pour défaire les boucles de ma salopette.

Au fur et à mesure que Maman nettoie mes égratignures, ses gestes deviennent plus calmes et sa respiration aussi.

— C'est chouette de te voir soigner quelqu'un à nouveau, lui dis-je.

Elle sourit légèrement tout en appliquant un pansement sur l'une de mes blessures :

— Je préférerais quand même ne pas avoir à te soigner. Tu dois faire attention à toi, Nora. Tu me promets que tu seras raisonnable à l'avenir et que tu ne te mettras plus en danger ? me demande-t-elle en me regardant d'un air sérieux.

— Je te le promets. Ne te fais pas de souci pour moi, lui dis-je en me redressant.

Avant, Maman me racontait souvent les histoires des gens dont elle avait pris soin dans son ambulance. Elle a aidé des bébés, des personnes âgées et toutes sortes d'individus. Parfois, elle s'occupait de tellement de personnes dans la journée qu'elle n'avait plus la force de prendre soin d'elle-même le soir.

Je me demande si c'est à ça qu'elle pense quand je vois une petite ride se creuser sur son front, alors je me dépêche de me mettre debout :

— Je me sens bien mieux maintenant. Et si on allait faire un tour ?

Maman regarde le soleil au-dehors et se mord la lèvre.

— Nora...

Comme mon estomac se met à gargouiller bruyamment, Maman éclate de rire et son rire résonne comme une clochette.

— J'ai une meilleure idée. Pourquoi tu n'irais pas prendre une douche et mettre des vêtements propres pendant que je nous prépare une soupe et du pain ? Qu'est-ce que tu en dis ?

Mon ventre gargouille à nouveau. Maman m'embrasse sur la tête et range les pansements dans leur boîte qu'elle replace au fond du placard.

Après la douche, je fouille ma chambre, à la recherche du lièvre fantôme. Mais je ne le trouve pas. Peut-être qu'il s'est enfui. Si c'est le cas, j'espère qu'il a moins peur maintenant.

Quand je descends dans la cuisine, Maman est toujours en train de fixer l'emballage de la soupe, clignant des yeux pour essayer de saisir ce qui est écrit.

— Je m'en occupe, lui dis-je en me dirigeant vers le micro-ondes. Regarde plutôt où en est le pain.

Maman m'embrasse à nouveau sur la tête.

— Qu'est-ce que je ferais sans toi, hein ?

Instantanément, une vague de chaleur m'envahit, comme si j'avais déjà avalé mon bol de soupe.

Maman ouvre le four et surveille un gros morceau de pain surgelé qui traînait dans le congélateur depuis une éternité. Elle hume la bonne odeur qui s'en dégage et avance la main pour toucher la croûte, mais je l'écarte rapidement :

— C'est trop chaud !

— C'est qui la maman, ici ? me demande-t-elle en souriant.

Maman verse la soupe dans des bols. Elle rassemble ce qu'il nous faut sur un plateau et, plutôt que de tout disposer sur la table où les fleurs d'hier matin sont déjà en train de flétrir, elle se dirige vers le salon.

On se pelotonne l'une contre l'autre, sous une couverture. Maman étale du beurre sur les tartines de pain que nous trempons dans nos bols de soupe. C'est doux et réconfortant comme un gros câlin. On dirait bien que la journée est en train de se changer en Bon Jour, alors je me tourne vers elle pour lui demander si elle veut bien regarder l'un de nos dessins animés préférés, mais elle dort déjà.

Je l'observe pendant un moment : son front est plissé, comme si elle faisait un cauchemar. Je me sens à nouveau coupable de lui avoir causé du souci.

Je remonte la couverture sur elle et j'allume la télé pour regarder un dessin animé avec le son au minimum, en chantant nos chansons préférées dans ma tête. Tout doucement, je me penche vers elle, jusqu'à ce que ma tête repose sur sa poitrine et que je puisse écouter son cœur qui bat au rythme de la musique.

Quand arrive le générique de fin, le lièvre bondit dans le salon. Il se fige dès qu'il remarque notre présence sur le canapé.

— Salut, lui dis-je en chuchotant, tu viens me voir pour qu'on soit amis, toi aussi ?

Il dresse les oreilles et j'aperçois son cœur arc-en-ciel qui palpite si fort que ses côtes en frémissent.

— Tout va bien. Tu n'as aucune raison d'avoir peur.

Le lièvre nous observe attentivement puis il bondit sur la table basse. Je lui souris. J'essaie de me redresser sans réveiller Maman et je tends la main vers son museau qui frétille.

Mes doigts s'approchent si près que je peux presque toucher sa fourrure multicolore qui scintille.

— Tu vois, lui dis-je dans un souffle, tout va *très bien.*

Mais Maman gigote un peu dans son sommeil, ce qui me fait sursauter parce que j'ai peur de l'avoir réveillée en parlant trop fort. Et ça surprend aussi le lièvre qui baisse les oreilles avant de plier ses longues pattes pour descendre de la table.

J'aimerais bondir sur mes jambes moi aussi, pour le suivre, peut-être jusque chez le papy de Djibril, là où il y a des cornichons et des sandwichs. Maman soupire, une ride se creuse à nouveau sur son front tandis qu'elle plonge dans un profond sommeil. Alors je regarde mon presque-nouvel-ami-le-lièvre passer la porte sans moi.

9

Le dimanche matin, je me réveille tard. Je tâtonne à la recherche de mes lunettes, pour ne pas manquer un renard ou un lièvre, mais pas le moindre arc-en-ciel en vue.

Mon cœur se serre. C'est vrai qu'à cause du renard je suis tombée sur Nathan, que mon vélo a coulé et que Djibril a failli se blesser dans une casse abandonnée, mais c'était chouette de vivre cette aventure avec lui.

Les animaux arc-en-ciel m'ont toujours aidée à être courageuse. Et c'est un peu grâce au renard que j'ai réussi à me sentir moins seule, sans doute parce qu'il m'a obligée à devenir amie avec Djibril dont la bizarrerie me plaît bien. Quant au lièvre vu hier, il a l'air différent du renard et je me demande ce qu'il veut. Peut-être qu'il a besoin de mon aide.

Je descends de mon lit et j'ouvre les rideaux pour jeter un œil dans la rue. Ma chambre donne sur l'avant de la maison, alors je peux voir tout ce qui se passe de la piste cyclable que j'emprunte pour aller à l'école jusqu'au chemin qui descend la colline en serpentant. J'observe attentivement mais je ne vois pas le moindre éclat multicolore qui se faufilerait à l'horizon.

Je suis sur le point de laisser tomber pour aller voir si Maman est debout quand je remarque qu'un rideau de la maison en face s'agite. Le visage de Djibril apparaît et son sourire illumine toute la fenêtre.

Il me fait signe et je lui réponds d'un petit geste de la main. Il essaie de me dire quelque chose mais même avec mes lunettes, je n'arrive pas à le comprendre. Je hausse les épaules et il me fait signe de venir.

Je m'écarte de la fenêtre et j'écoute. Il n'y a pas le moindre mouvement dans la chambre voisine.

Je regarde à nouveau Djibril. Je ne sais pas trop comment lui mimer le message suivant : « Je vais peut-être venir mais ça dépend si on est dans un Bon Jour ou pas. » Alors, je me contente de lever un doigt pour dire « Donne-moi une minute », et il m'adresse un grand sourire.

Je m'habille et je passe sur la pointe des pieds devant la porte fermée de la chambre de Maman. Je n'entends pas le moindre bruit de l'autre côté, alors je descends l'escalier en silence puis j'inspecte chaque pièce, à la recherche de Maman ou d'un animal arc-en-ciel. Mais je ne trouve rien d'autre qu'un paquet de vieilles photos étalées sur la table de la cuisine et une pile de vaisselle sale.

Je me sers des céréales en regardant des photos de moi bébé. Maman dit toujours que j'étais le portrait de mon père quand j'étais petite mais moi, je trouve que c'est à elle que je ressemble le plus. On a toutes les deux le menton pointu, les oreilles décollées et des cheveux bruns impossibles à coiffer. Bon, c'est vrai qu'à l'époque, mes cheveux étaient beaucoup plus clairs et quand je vois des photos de Papa et moi ensemble, on dirait qu'il a coupé un peu des siens pour les mettre sur ma tête.

Sur les photos, on grimpe sur des collines, on se balade sur des plages ou on explore des grottes, habillés tous les deux pareil, avec des chapeaux et des tee-shirts tigrés, son motif préféré. Aujourd'hui encore, j'adore porter des vêtements tigrés, à la fois pour montrer que je suis merveilleusement bizarre et un peu sauvage, comme Papa, et aussi parce qu'ils me rappellent le tigre arc-en-ciel qui se tenait près de moi pour me donner du courage quand mon père est parti de la maison. Maintenant, je limite l'imprimé tigré aux chaussettes parce que j'ai remarqué que Maman devient très triste quand elle pense au divorce. Mais on est *très bien* comme ça, juste toutes les deux, et puis ce n'est pas comme si Papa n'appelait pas. Il dit qu'il a des choses importantes à faire, comme sauver des félins en Inde.

En regardant les photos, je m'aperçois qu'il y a souvent la même silhouette un peu floue en arrière-plan. D'abord, je me dis que ça doit être Maman mais la personne a l'air plus grande et elle se tient plus droite, les bras toujours croisés sur la poitrine. Je plisse les yeux pour mieux discerner la forme qui semble posée sur son épaule, quand on frappe à la porte.

Je me lève d'un bond et je cours pour ouvrir avant que le bruit ne réveille Maman. Je découvre Djibril sur le perron.

— Tu as dit que tu descendrais dans une minute, dit-il beaucoup trop fort.

— Chut ! lui dis-je tout bas en attrapant mes clés et mes chaussures avant de fermer la porte derrière moi.

Mais il ne m'écoute pas. Il se précipite de l'autre côté de la rue et je dois courir pour le rattraper. Et quand on arrive à la maison de son grand-père, il manque de me faire trébucher sur les nains de jardin en me tirant par le bras à l'intérieur. Il essaie même de me retirer mes chaussures, ce qui est à la fois extrêmement bizarre et absolument impossible vu que je me tiens debout. Je le repousse pour le faire moi-même.

— Viens vite ! me dit-il en m'incitant à le suivre à travers la maison qui sent un peu le cornichon.

Les murs sont bordés de cadres de photos et la cuisine est un méli-mélo de meubles hétéroclites, tous de couleurs différentes, comme s'ils avaient été piochés dans plusieurs maisons. Par la fenêtre, je peux voir un jardin qui paraît bien plus grand que le mien et j'aperçois les gestes flous de garçons qui courent dans tous les sens. Djibril ouvre la porte en grand et les cris des garçons remplissent la maison.

— Qui est-ce ?

— Mes frères, répond Djibril en levant les yeux au ciel. Celui qui porte un sac-poubelle en guise de cape, c'est Léo. Il est poursuivi par Paul. Et Loulou, enfin Louis, doit être en train de manger de l'herbe quelque part. Tu peux les ignorer. Ils ne sont pas là, d'habitude.

Je le suis dans le jardin en friche. Avec nos chaussettes tigrées, nous sautillons d'une dalle à l'autre.

Léo et Paul manquent de nous foncer dessus et je remarque qu'ils ressemblent tous les deux à Djibril, mais en même temps pas tant que ça. Léo a la même coupe afro que Djibril mais son visage est plus long et ses sourcils plus épais. Paul a les grands yeux de Djibril, mais il a une seule fossette, au menton. Ils jouent tous les deux à se tirer dessus avec des pistolets invisibles, en criant et en se poussant. Je dois aussi contourner Louis, qui est occupé à arracher de l'herbe avec un sourire diabolique jamais vu sur un bébé.

Djibril avance la tête basse, ignorant ses frères, pour me conduire à une vieille caravane garée au fond du jardin. Elle est entourée d'herbes folles et d'insectes qui bourdonnent, et quasiment recouverte de lierre. Elle a verdi sur les côtés, les roues et les vitres sont cassées, un peu comme si le jardin essayait de l'engloutir.

— On se croirait dans la jungle ! dis-je à Djibril en haussant le ton, pour essayer de me faire entendre par-dessus les cris de ses frères qui se disputent derrière nous.

Djibril pousse un rugissement, comme s'il était vraiment un tigre, et il ouvre la porte de la caravane en grand.

Sauf que ce n'est pas une simple caravane.

À l'intérieur se trouvent des dizaines de dessins d'un même renard fantôme multicolore.

10

Stupéfaite, je tends le bras pour empêcher Djibril d'entrer dans la caravane. Dans un souffle, je lui demande :

— Mais qu'est-ce que c'est ?

Djibril rayonne littéralement. Il passe sous mon bras.

— Ils te plaisent ? Je les ai dessinés pendant tout l'après-midi d'hier. J'y ai presque passé une boîte entière de crayons.

Il claque la porte derrière nous, ce qui fait trembler une étagère qui semble déjà sur le point de s'effondrer.

En fait, tout ce que contient la caravane a l'air sur le point de s'effondrer. Il y a deux vieux fauteuils placés à côté d'un trou dans la carrosserie qui laisse entrer les herbes folles. Le plan de travail de la cuisine déborde de pots de fleurs sales. Une table bancale et des chaises sont placées près de la fenêtre cassée. Et le tout est recouvert de dessins de mon renard arc-en-ciel.

J'en prends un au hasard, sur la table. C'est assez ressemblant, il y a ses oreilles à pointes noires et sa mâchoire acérée.

— C'est la première fois que je dessine un simple renard, enfin un renard arc-en-ciel. D'habitude, je dessine des renards avec des crocs, des crinières et d'autres choses du genre. J'ai d'abord pensé que ce serait ennuyeux mais finalement, les renards sont plutôt cool, tu ne trouves pas ? Avec mon papy, j'ai fait des recherches sur eux. Apparemment, ils ont des moustaches sur le museau mais aussi

des poils tactiles sur les pattes, et ils mangent autant des baies que des animaux, et d'autres trucs.

Djibril parle très vite. Il se dandine d'un pied sur l'autre et fuit mon regard. Je lui attrape le bras en le regardant droit dans les yeux pour l'obliger à s'arrêter.

— Tes dessins sont parfaits, Djibril. Ils sont super ressemblants.

Djibril rayonne à nouveau. On se laisse tous les deux tomber dans les vieux fauteuils dont les ressorts cassés se plantent dans notre dos. Il sort son carnet et étale ses crayons sur le sol.

— Bon, qu'est-ce que je dois dessiner, maintenant ? Peut-être un kangourou ou... Oh ! Un aigle, ce serait cool.

— Et pourquoi pas un lièvre ?

— Euh... un lapin ? me demande Djibril en fronçant le nez.

Pile à ce moment, la porte de la caravane s'ouvre sur un vieux monsieur avec une canne qui secoue la tête en riant :

— Djibril, les lièvres n'ont pas grand-chose à voir avec les lapins ! Tu n'écoutes donc pas un mot de ce que te raconte ton grand-père ?

Le vieux monsieur lève son pied chaussé d'une pantoufle et Djibril bondit pour aider son grand-père à grimper dans la caravane jusqu'à l'installer dans son fauteuil. Je gigote dans mon siège, ne sachant pas trop quoi faire, quand Djibril se laisse tomber à côté de moi, s'asseyant pratiquement sur mes genoux. Je le pousse du coude.

— C'est quoi, la différence, alors ? demande Djibril.

Son grand-père sourit, dévoilant les mêmes fossettes que son petit-fils, sauf qu'elles sont moins visibles sur son visage ridé. Il est un peu dégarni et ses cheveux sont aussi clairsemés que ses sourcils et sa barbe.

— Les lièvres sont bien plus gros. Ils ont de plus grandes oreilles, une plus longue queue. C'est aussi l'animal le plus rapide du pays.

— Vraiment ?

Djibril prend des notes tandis que son grand-père répond à ma question.

— Ils peuvent courir à 60 kilomètres par heure si nécessaire, dit le vieil homme. Et toi, à quelle vitesse peux-tu courir, mademoiselle…

Djibril gribouille quelque chose sur une page vierge, la déchire et la plie pour la coincer dans la poche de mon tee-shirt.

Ça fait un peu comme un badge et le vieil homme sourit en le lisant.

— C'est pour ma mémoire, m'explique-t-il. Djibril est un bon garçon, toujours prêt à rendre service.

Djibril acquiesce et commence à dessiner deux grandes oreilles sur son cahier.

— Nora est vraiment très rapide sur son vélo, tu sais, Papy. Elle pourrait sûrement aller à 60 kilomètres par heure, si elle voulait.

Le vieil homme sourit :

— Oh ! J'aimerais vraiment voir ça ! Tu peux me montrer, Nora ?

— Je pourrais, si j'avais encore mon vélo, dis-je en rougissant.

— Je suis sûr que tu cours super vite aussi, dit Djibril.

Je sursaute parce que la porte s'ouvre d'un coup sur Léo et Paul qui se précipitent à l'intérieur.

— J'parie que tu peux pas me battre, dit Léo.

— N'importe quoi, c'est moi le plus rapide, renchérit Paul en le poussant.

— Arrêtez de nous espionner, leur dit Djibril, mais ils sont bien trop occupés à se chamailler pour l'entendre.

Le vieil homme lève alors un doigt en l'air et tout le monde se tait pour l'écouter :

— « La course du lièvre. »

Les garçons poussent des cris de joie et même Djibril se précipite dehors, nous laissant seuls dans nos fauteuils, son papy et moi.

Il me regarde.

— Nora, tu ne veux pas jouer ?

— Je suis trop grande pour ce genre de jeux, dis-je en tirant des fils de l'accoudoir.

— Et je suppose que tu préférerais chercher ton lièvre fantôme, n'est-ce pas ? me répond-il en plissant les yeux.

Mon cœur s'emballe et je jette un regard furieux vers l'extérieur où Djibril a suivi ses frères.

— Il vous l'a dit ?

Le grand-père de Djibril éclate de rire :

— Non, rassure-toi. J'ai regardé ses dessins et ses notes. Ma mémoire n'est sans doute plus ce qu'elle était, mais j'ai toujours pensé qu'un brin de lecture ne pouvait pas faire de mal.

Je soupire et j'observe le vieil homme du coin de l'œil, en me demandant s'il me croit :

— Le lièvre n'arrête pas de s'enfuir. Je me demande ce qu'il veut.

Il s'agite un peu dans son fauteuil, tandis que les garçons crient dehors.

— J'ai passé une bonne partie de ma jeunesse dans cette caravane à suivre des animaux à travers toute l'Europe, tu sais. Les lièvres sont sacrément difficiles à approcher.

Ils sont très rapides mais aussi très doués pour se cacher. Ils se figent complètement quand ils sont effrayés, ce qui les rend très difficiles à repérer. Tu risques d'avoir du mal à retrouver ton lièvre.

Je regarde par la fenêtre cassée, en direction de Djibril et ses frères qui font la course dans le jardin.

— Djibril aussi est très fort pour se cacher. Pourtant, je l'ai trouvé.

Le vieil homme hoche la tête, cligne des yeux et me regarde intensément :

— C'est très bien observé, Nora. Et toi, alors ? Tu te caches aussi ? Ou peut-être que si tu es aussi rapide, c'est parce que tu veux fuir tes problèmes ?

Par la fenêtre, j'aperçois un éclat multicolore, sur les talons d'un des frères de Djibril.

Je me lève d'un bond, mon sang bourdonne dans mes oreilles. L'arc-en-ciel disparaît.

— Je ne m'enfuis pas, dis-je fermement.

Le grand-père de Djibril acquiesce et son sourire révèle pas mal de dents manquantes. J'essaie de ne pas me précipiter pour sortir de la caravane, même si mes jambes me démangent et que je n'ai qu'une envie : courir après le lièvre.

À l'extérieur, je suis éblouie par le soleil, les herbes folles et les frères de Djibril qui courent dans l'allée. L'un d'eux bondit dans les airs, atterrissant dans l'herbe devant moi comme un super-héros. Il regarde le papier accroché à la poche de mon tee-shirt et se fige :

— Nora est le lièvre, crie-t-il en me pointant du doigt.

J'entends un hurlement et l'autre frère de Djibril déboule d'un buisson pour me foncer dessus, tenant dans ses bras le bébé qui arrachait de l'herbe un peu plus tôt. Ils essaient tous les deux d'attraper le papier dans ma poche mais je les évite en me faufilant sous leurs bras tendus.

— Mais qu'est-ce que vous faites ?

Je leur ai parlé d'un ton sec, tout en cherchant le lièvre fantôme du regard.

— Le papier dans ta poche, Nora ! C'est ce qui fait de toi le lièvre ! me répond Djibril en bondissant devant moi et en faisant mine de tendre ses griffes vers moi. Et nous, on est les chiens de chasse envoyés pour t'attraper.

Djibril se jette sur moi. Je lui tourne le dos pour sauter par-dessus un massif de fleurs envahi de mauvaises herbes. Les garçons crient et moi, je fonce, zigzaguant tout le long pour qu'ils ne puissent pas m'attraper. Djibril essaie de me coincer sauf que je le vois venir et je glisse sur le dos pour passer entre ses jambes, il n'en revient pas !

La fratrie éclate de rire et à ma grande surprise, moi aussi.

— Elle est trop forte, dit l'un des frères de Djibril.

Son grand-père nous regarde depuis la fenêtre de la caravane, il tape dans ses mains. Ses mots résonnent dans ma tête. Peut-être bien que c'est parce que je fuis mes problèmes que je suis aussi rapide.

Je finis par m'arrêter près de la maison et Djibril manque de me percuter quand, enfin, il arrache le papier de ma poche.

— Je l'ai ! Je l'ai !

Il a à peine le temps de prononcer ces mots qu'un de ses frères le lui prend des mains et s'enfuit avec, l'autre à ses trousses.

— Oh.

Il affiche quand même un grand sourire tout en essayant de retrouver son souffle, allongé sur l'herbe. Il sort son carnet de sa poche et ajoute :

— C'était marrant.

Je m'assieds à côté de lui et je cueille des pâquerettes. Je n'arrête pas de penser à ce que le grand-père de Djibril a dit, que je fuis mes problèmes. Je sens que tout mon corps vibre de colère.

— Ton grand-père pense qu'il en connaît un rayon, hein ? dis-je en marmonnant.

Djibril fronce légèrement les sourcils :

— C'est parce qu'il en connaît vraiment un rayon. C'était un scientifique, avant qu'il prenne sa retraite. Il a des petits problèmes de mémoire, et il nous confond sans arrêt, mes frères et moi, mais il sait beaucoup de choses sur les animaux. Pratique, quand on cherche un animal arc-en-ciel, ajoute-t-il en me souriant.

Je laisse tomber les pâquerettes.

— Et donc, tu passes beaucoup de temps chez lui ?

Djibril acquiesce :

— Ouais, tout le temps. Ici, c'est calme, enfin, d'habitude.

Il s'arrête et me montre ses frères qui crient et qui sautent dans tous les sens à l'autre bout du jardin :

— Et puis, Papy a besoin d'un peu d'aide maintenant, même s'il n'aime pas trop ça. Certaines personnes ne savent pas comment demander de l'aide, ajoute-t-il en me regardant comme s'il essayait à nouveau de lire en moi.

J'évite son regard et je me racle la gorge :

— Et tu ne trouves pas que c'est difficile, parfois, de t'occuper de lui ?

J'écoute le bruit léger que fait son crayon sur la feuille.

— Parfois, oui. Il arrive qu'il s'énerve parce qu'il n'est plus capable de faire certaines choses. Et ça me rend triste. Mais, tu sais, mes parents aussi viennent souvent lui donner un coup de main, je ne suis pas tout seul.

Je tripote mes pansements. Le silence s'étire.

— Tu as des grands-parents ? me demande-t-il.

Je fais non de la tête :

— Les parents de ma mère sont morts avant ma naissance.

— Et du côté de ton père ?

Je repense alors à la silhouette floue en arrière-plan des photos.

— Je ne sais pas…

Djibril me montre un parfait dessin de lièvre fantôme. Il l'a dessiné avec la tête levée vers la lune.

— Eh bien, si tu veux, on peut partager mon grand-père. Et aussi, ma mère et mon père, si tu as envie.

Je me lève.

— Merci, mais j'ai déjà une maman et elle est géniale.

Djibril me répond quelque chose mais je ne l'écoute plus vraiment. Avant de partir, je me retourne pour regarder son grand-père qui m'observe depuis la caravane. J'aperçois aussi un éclair multicolore qui fuit les garçons aussi vite qu'il peut.

11

Lundi matin, je suis réveillée par des voix qui viennent d'en bas.

Avant que Maman souffre de dépression, elle invitait souvent des amis à la maison, et moi aussi. Il y avait tout le temps du monde. Mais cela fait des siècles qu'on n'a plus invité personne, alors quand j'entends ces voix, mon cœur s'accélère dans ma poitrine.

Je ne prends même pas la peine de m'habiller avant de descendre l'escalier sur la pointe des pieds. Arrivée sur la dernière marche, je remarque une paire de grosses bottes noires, à côté de mes baskets boueuses, et aussi un énorme manteau qui n'appartient ni à Maman ni à moi, accroché au portemanteau.

J'entends murmurer derrière la porte de la cuisine :

— On se débrouille *très bien* toutes les deux, Ben. On n'a pas besoin d'aide.

Je pousse un soupir de soulagement en entendant le nom de Ben et je saute de la dernière marche pour débarquer dans la cuisine où Maman et Ben prennent le thé.

Maman s'interrompt et Ben m'adresse un grand sourire avant de se lever pour me faire un énorme câlin :

— Nora l'exploratrice ! Comment vas-tu ?

J'entoure sa taille avec mes bras, qui ne sont pas assez longs pour en faire le tour. Pourtant, j'aimerais que ce câlin dure toujours. Ben a une grosse moustache, comme dans les dessins animés, et il la lisse souvent avec ses doigts, il a aussi une voix tonitruante.

Il est ambulancier, comme Maman. Ils travaillent ensemble. Ils conduisent l'ambulance à tour de rôle. Pendant ce temps, l'autre s'occupe des patients à l'arrière. Maman dit qu'ils ont traversé les pires épreuves pendant six ans, ce qui fait de lui un membre à part entière de notre famille.

Si mon père était resté avec nous assez longtemps pour apprendre à me connaître, j'aurais aimé qu'il soit un peu comme Ben. Mais Ben a sa propre famille : deux filles adultes que je vois lorsqu'on fait des barbecues.

Je m'assieds à côté de lui et je prends une tartine :

— Qu'est-ce que tu fais ici ?

— Sympa, l'accueil ! me répond-il en riant.

Je lève les yeux au ciel :

— Oh, arrête ! Tu sais bien que tu m'as manqué !

Ben regarde Maman avec insistance – je ne sais pas pourquoi, elle devient toute rouge –, puis Ben me décoche un grand sourire :

— Toi aussi, tu m'as manqué, ma puce. Raconte-moi donc tes aventures... Qu'est-ce que je viens d'apprendre à propos de ton vélo ?

Il tapote un pansement qui se décolle de ma main.

Je lui raconte mon accident en évitant soigneusement de croiser le regard de Maman et de parler du renard arc-en-ciel.

— Eh bien, une chance que tu ne sois pas tombée dans le canal en essayant de le récupérer ! Le nombre de fois où on a dû intervenir pour des accidents dans le canal, hein, Julie ?

Je jette un œil à Maman parce que, parfois, il suffit de parler de son travail pour déclencher des angoisses, mais cette fois, elle se contente de rire :

— J'ai l'impression qu'on n'a fait que ça l'année dernière... La faute à cette cabane scoute et aux canoës en mauvais état !

Ben remplit nos verres de jus d'orange et fait griller du pain pour que nous n'ayons pas à nous lever. C'est bon de voir Maman rire aux mauvaises blagues de Ben, et encore plus de le voir faire la vaisselle.

Il verse la moitié du flacon de liquide vaisselle dans l'évier, alors la mousse gonfle, gonfle... Maman me fait un clin d'œil.

Je demande :

— Qu'est-ce qu'on fait aujourd'hui ? Est-ce que Ben nous emmène quelque part ?

Ben possède une Jeep qui peut traverser les champs et grimper les collines. Les journées avec lui, on les passe dans la boue, au milieu de la nature.

Maman me sourit en prenant une gorgée de thé :

— Tu dois aller à l'école, tu t'en souviens ?

Je grimace en pensant à un autre Bon Jour gâché.

— Oh. Pourquoi Ben est là, alors ?

Maman regarde Ben qui nous tourne le dos et elle me souffle à l'oreille :

— On a plein de choses à se dire. Mais tu sais quoi ? Si tu te prépares rapidement et que tu lui demandes gentiment, peut-être que Ben pourra te conduire à l'école en voiture.

Ben fait gicler de l'eau savonneuse à travers la pièce tandis que je bondis sur mes pieds, partagée entre l'envie de monter me préparer et celle de passer plus de temps avec Maman. Elle soupire et se lève pour attraper un torchon.

— Franchement, Ben, il y a assez de mousse dans cet évier pour laver un éléphant.

Le rire tonitruant de Ben retentit.

— Tu as vu la taille de ta pile de vaisselle sale ? Il faut au moins ça, crois-moi !

Je souris et je les laisse jouer avec les bulles au-dessus de l'évier. À l'étage, je me douche et je change les pansements de mes genoux et mes mains, en veillant à bien désinfecter. L'antiseptique est froid, il pique un peu mes blessures, ce qui me fait grimacer et me rappelle le visage de Maman quand elle a découvert que je m'étais fait mal. C'est pile à ce moment que j'aperçois le lièvre qui saute hors de la baignoire.

On reste tous les deux figés un instant.

Le lièvre est exactement comme sur le dessin de Djibril, avec ses grandes oreilles, ses longues pattes et son air effrayé.

— Cette fois, je ne te laisserai pas t'enfuir, lui dis-je en chuchotant.

Il continue à me fixer pendant que je m'habille.

J'ai très envie de tendre la main vers lui pour essayer de le toucher. Est-ce qu'il est aussi froid que le renard ? Mais quelque chose me dit que ça va le faire fuir, alors je me retiens.

Je l'observe pendant un bon moment, jusqu'à ce que j'entende Maman m'appeler d'en bas :

— Nora ! Tu vas finir par être en retard !

Les oreilles du lièvre tressaillent et il bondit vers la porte de la salle de bains. Je le suis comme je peux dans l'escalier. Dans l'entrée, le lièvre court autour de mes chaussures, avant de se faufiler entre mes jambes. Je me retourne pour le suivre et je percute Ben, avec ses cheveux mouillés et son torchon sur l'épaule.

— Oh !

Il m'attrape avec un bras pour me faire un câlin, ses genoux craquent quand il les plie pour se mettre à ma hauteur.

— Ta maman me dit que tu aimerais que je te conduise à l'école.

J'acquiesce tout en essayant de regarder par-dessus sa tête pour essayer d'apercevoir le lièvre. Mon sang bouillonne dans mes veines.

— Oui, s'il te plaît. Si ça ne te dérange pas.

— Bien sûr que non, me répond-il, les yeux brillants.

Je commence à avancer – pour retrouver mon lièvre fantôme – mais Ben me tient toujours le bras. Il me regarde dans les yeux, comme si j'étais un livre qu'il fallait déchiffrer.

— Et ça va, toi ? Vous tenez le coup, ta maman et toi ?

Aussitôt, je sens un grand vide à l'intérieur de moi. Le lièvre pointe son museau à côté des pieds de Ben, les oreilles baissées.

— Tout va *très bien*, merci. Aucun problème.

— D'accord mais ta maman vient de me dire que tu as dû te préparer des lasagnes toi-même, l'autre soir, et je me suis demandé si...

— Oh, ça, j'ai l'habitude. Je me débrouille super bien.

— C'est chouette, me dit Ben en me tapotant la main. Mais tu sais que ce n'est pas ton rôle. Tu n'as pas à faire ça à la place de ta maman, n'est-ce pas ? Tu sais que si tu as besoin d'aide, tu peux...

Le lièvre est aux aguets, ses oreilles se redressent d'un coup, mais moi, je n'ai pas envie d'écouter. Je me dégage de l'étreinte de Ben en gigotant.

— Finalement, je n'ai pas besoin que tu m'emmènes à l'école. J'ai oublié que j'avais prévu d'y aller à vélo avec mon ami Djibril.

— Oh, dit Ben en se relevant, mais Nora...

Je saute dans mes chaussures et j'attrape mon cartable en évitant son regard.

— Merci pour le petit déjeuner. Et pour ta proposition. J'espère qu'on se reverra bientôt !

Je ne me retourne pas, je file dehors. Je prends à peine le temps d'observer autour de moi et je fonce dans la rue... Vu l'heure, sans vélo et sans Jeep, je vais forcément être en retard à l'école. J'essaie d'enfouir mes pensées pour me concentrer sur ma vitesse, sur le fait de courir à 70 kilomètres par heure… C'est vrai, je cours, et je suis rapide, mais ça ne veut pas dire que je fuis mes problèmes.

De toute façon, je n'ai même pas de problème à fuir.

Je vais *très bien*.

12

Tic tac, tic tac, je regarde les secondes s'écouler en attendant la récréation de l'après-midi, où je pourrai enfin m'échapper de la classe douillette pour replonger dans cette journée grise. Je pense toujours à mon retard de ce matin, quand je suis arrivée essoufflée, que Mlle Omar a soupiré avant de me donner un billet de retard, le troisième ce mois-ci, ce qui signifie qu'un courrier va être envoyé à la maison.

Tous mes camarades m'ont regardée m'asseoir, en chuchotant dans mon dos.

Il est 14 h 15 quand je peux enfin goûter au froid humide de l'extérieur. Le fond de la cour de récréation est noyé dans la brume, un peu comme si on en avait gommé les contours.

Je suis censée en faire le tour en courant avec mes camarades de classe. Mais plutôt que de me plier à cet exercice sportif, je me précipite vers le cerisier pleureur et je plonge dans les branches, à la recherche de Djibril, sauf qu'il n'est pas là. Je reste accroupie pendant un bon moment, à ruminer mes pensées. Les souvenirs de ce que Ben et le grand-père de Djibril m'ont dit s'emmêlent. C'est trop calme ici, alors quand j'entends un cri, à l'extérieur de mon cocon, je suis presque soulagée d'aller voir ce qui se passe.

Dans la cour, Djibril est en train de parler timidement à des élèves de ma classe, un morceau de papier coincé dans sa chemise. J'accours parce que je pense qu'il est encore en train de se faire harceler, mais quand j'approche, je le trouve en train d'expliquer les règles de « la course du lièvre » à Anya et Manon :

— Et alors, on doit essayer d'attraper le papier. C'est vraiment tout simple.

— Mais pourquoi ça s'appelle « la course du lièvre » ? demande Anya, désabusée.

— Parce que les lièvres doivent courir très vite pour rester en vie, dis-je en arrachant le papier de la chemise de Djibril et en le coinçant dans la mienne. Comme moi !

Djibril rayonne de joie et Anya pousse des cris en me poursuivant dans la cour. Les autres nous regardent et se joignent rapidement à nous. Un garçon de la classe de Djibril réussit à me coincer près de l'étang aux têtards et à attraper le papier. Je m'élance à sa poursuite, Djibril sur mes talons qui arbore un immense sourire. Bientôt, tous les élèves de notre niveau participent à la course et je m'aperçois que Djibril se fiche bien de ne pas être assez rapide pour attraper le lièvre. C'est son jeu et il participe. Il ne se cache plus.

Mais je ne suis pas la seule à avoir remarqué la joie de Djibril. Nathan nous rejoint, faisant à moitié semblant de suivre une élève aux cheveux tressés qui est en possession du papier. Soudain, il se jette sur Djibril, lui arrache le carnet qu'il serrait contre sa poitrine et le déchire en deux.

— Non ! s'écrie Djibril tandis que ses dessins s'envolent dans la cour.

Je m'arrête de courir et me penche, à bout de souffle, pour l'aider à ramasser quelques pages, essentiellement des dessins de nous deux en train de faire du vélo, de bondir dans l'herbe ou de nous faire signe par la fenêtre. Nathan ramasse quelques pages lui aussi et il se met à rire bien fort :

— Tiens donc ! Mais c'est ton journal ! « Qu'est-ce qu'on ressent quand on touche un renard fantôme ? » lit-il. « Est-ce que Nora a les mêmes super-pouvoirs que les lièvres fantômes ? »

— Rends-le-moi, s'il te plaît, marmonne Djibril.

Mais Nathan tourne sur lui-même en riant.

— Des animaux fantômes ? Alors quoi ? Comme tu n'as pas d'amis vivants, tu traînes avec des créatures mortes, c'est bien ça, le maboul ?

L'espace d'un instant, je me demande si Djibril va lui dire que ce n'est pas lui mais moi qui vois des fantômes. Mais non. Il se contente de baisser la tête.

— S'il te plaît, rends-le-moi. J'y tiens.

Je serre les poings et je marche, déterminée, en direction de Nathan. J'arrive dans son dos et je lui arrache les pages avant même qu'il ait eu le temps de comprendre ce qui lui arrive.

— Djibril a raison, lui dis-je quand il se retourne. J'ai les mêmes super-pouvoirs qu'une armée de bêtes sauvages aux dents pointues. Alors je te conseille de laisser mon ami tranquille.

Djibril fronce les sourcils tandis que Nathan rit nerveusement, cherchant du regard un peu de soutien. Mais tous les autres élèves sont encore en train de jouer à « la course du lièvre », à l'autre bout de la cour.

Djibril essaie de me calmer:

— Allez, Nora. La récré est presque finie, de toute façon. Retournons un peu vers l'arbre tous les deux.

Je gigote pour le repousser quand Nathan se met à tourner autour de moi, l'air en colère.

— Tu sais ce qu'on dit à propos des lièvres, non ? On dit qu'ils sont fous. Et toi, Nora, tu es folle comme un lièvre au printemps*, et comme le maboul !

Mon sang ne fait qu'un tour et je lui crie :

— Ne dis pas ça ! C'est méchant, de dire de quelqu'un qu'il est fou ! On ne rigole pas avec ça !

Djibril essaie à nouveau de me tirer en arrière, en me suppliant :

— Nora, s'il te plaît. Ça ne sert à rien, tu le sais. Toi et moi, on est pareils.

Je ne sais pas où il veut en venir quand il dit qu'on est pareils. Mes poings sont serrés et les yeux de Nathan lancent des éclairs.

* Entre février et juin, les lièvres se préparent pour la saison de la reproduction et adoptent un comportement déroutant. Il n'est pas rare de voir les mâles courir dans tous les sens ou les femelles les repousser en les boxant.

— C'est vrai que tu en connais un rayon, en folie, hein ? grommelle-t-il. Avec ta maman complètement dingue.

Les mots de Nathan me font l'effet d'un énorme coup de poing dans l'estomac. Je recule, le souffle coupé. Je cherche Djibril du regard mais il est déjà reparti vers l'arbre, tout seul, serrant ses dessins déchirés contre lui. Nathan rigole et balance son sac de sport sur son dos, avant de s'éloigner.

Une vague de colère me traverse les os.

J'avance, le lièvre arc-en-ciel me rejoint d'un bond et se dresse sur ses pattes arrière tandis que ses pattes avant frappent, frappent, frappent dans le vide. Alors je rugis et je me lance à la poursuite de Nathan, les poings en avant. Ensemble, le lièvre et moi, nous nous jetons sur le dos de Nathan et nous frappons son sac sans relâche. Il crie et essaie de nous repousser.

— Nora ! Nora !

Quelqu'un m'appelle mais à l'intérieur de moi, les flots sont déchaînés, je vois des traînées multicolores et il y a ce grand vide glacial dans ma poitrine. Et puis je sens des mains qui m'écartent de Nathan, alors je me retourne pour dire à Djibril de me laisser tranquille. Mais ce n'est pas Djibril qui m'a attrapée cette fois, c'est la directrice.

Jamais je ne l'ai vue autant en colère.

13

C'est la deuxième fois que je me retrouve dans le bureau de la directrice. La première fois, c'était en CP, une semaine après le départ de Papa. Je ne me rappelle plus pourquoi exactement mais j'en garde un souvenir arc-en-ciel avec des dents pointues et une rage terrible.

Je crois qu'à l'époque, j'étais souvent en colère. Quand on vit des choses pénibles, comme voir son père partir pour l'Inde, c'est plus facile d'être en colère que d'être triste. Par contre, je ne comprends pas pourquoi il y avait un arc-en-ciel parce qu'il me semble que les animaux fantômes sont là pour m'aider à me sentir forte ou, au minimum, moins seule. Cela dit, j'ai vraiment eu l'impression que le lièvre me montrait comment serrer les poings et les utiliser pour frapper, encore et encore.

Derrière son bureau, Mlle Rose, la directrice, nous regarde, Nathan et moi, par-dessus ses lunettes. Je m'attendais à ce que Nathan soit complètement indifférent parce qu'il passe pas mal de temps dans le bureau de la directrice, mais pas du tout. Il a l'air minuscule dans son fauteuil et il garde la tête baissée.

Mlle Rose ne nous a pas dit un mot. Je crois que je préférerais qu'elle crie, qu'elle nous gronde et qu'elle me demande ce qui a bien pu me passer par la tête. Parce que la réalité est bien pire.

Elle a l'air inquiète.

— Est-ce que vous savez pourquoi vous êtes ici tous les deux?

Je m'agrippe au rembourrage en mousse du fauteuil. Nathan a toujours la tête baissée, il ne dit pas un mot. Alors c'est moi qui réponds :

— Parce que nous nous sommes battus.

— Exactement. Et vous pouvez me dire pourquoi vous vous êtes battus ?

Je repense au lièvre arc-en-ciel et à la rage qui bouillonnait en moi. Je regarde à nouveau Nathan qui jette un coup d'œil rapide dans ma direction. Je voudrais vraiment dire à Mlle Rose qu'il harcèle les autres et qu'il a dit des choses horribles, abominables, à propos de Maman. Mais je ne veux pas avoir à les dire tout haut. Alors je me contente de hausser les épaules.

Mlle Rose nous regarde, les lèvres pincées :

— Vous allez rester assis là, tous les deux, sans rien dire ?

Nathan balance ses jambes d'avant en arrière. Je hausse à nouveau les épaules.

Elle soupire :

— Écoutez, je sais que vous vivez tous les deux des choses difficiles à la maison en ce moment. Mais ce n'est pas comme ça qu'on règle les problèmes dans cette école, ni ailleurs non plus.

Mon estomac se noue. Derrière Mlle Rose, j'aperçois une forme multicolore qui sautille sur le radiateur, sous la fenêtre, avant de disparaître derrière un pot de fleurs.

Mon cœur s'emballe immédiatement puis je remarque que Nathan m'adresse un regard paniqué. J'ai soudain peur que Mlle Rose parle de la dépression de Maman devant cette petite brute de Nathan, mais il y a aussi une petite voix en moi qui se demande ce qui peut bien se passer chez lui.

— Je suis désolée.

— Je te remercie, Nora, mais c'est auprès de Nathan que tu dois t'excuser.

Je jette un regard furtif à Nathan mais lui ne me regarde pas. Il reste les yeux baissés sur ses chaussures qui se balancent d'avant en arrière.

— Je te demande pardon, Nathan.

J'ai parlé calmement. Pourtant, je ne suis pas sûre d'être calme. Pas après ce qu'il a pu dire.

— Et toi, Nathan ? lui demande Mlle Rose.

— Désolé, marmonne-t-il.

Mais il n'a pas l'air désolé du tout et aussitôt, j'aperçois la silhouette multicolore qui frappe dans le vide avec ses pattes avant de disparaître sous le bureau de Mlle Rose.

Je serre les poings si fort que je sens mes pansements qui se décollent.

— J'espère que vous savez tous les deux que si vous avez besoin de parler de ce qui se passe à la maison, tout le monde, ici, est prêt à vous écouter. Mlle Omar,

Mme Durand et moi-même. Toute l'équipe enseignante. Nous ne voulons que votre bien.

Le lièvre fuit de sa cachette sous le bureau et court vers la porte qu'il trouve fermée. Il revient sur ses pas, les oreilles rabattues. Terrifié.

Je réponds le plus calmement possible :

— Je vais *très bien*. Tout va *très bien*. Est-ce que je peux y aller, maintenant ?

Mlle Rose me regarde de nouveau les lèvres pincées. Elle se lève et je m'apprête à la suivre, pensant que je suis enfin libre, mais Nathan, lui, reste assis.

— Comme vous le savez, nous ne prenons pas ce genre d'incident à la légère. Nous avons appelé tes parents, Nathan. Et ta maman, Nora. Ils attendent dans le couloir.

Soudain, la pièce se met à tourner autour de moi.

— Vous avez appelé ma maman ?

Le lièvre tourne dans la pièce comme un lion en cage, bondissant de mur en mur.

— Si vous voulez bien m'attendre ici tous les deux, je vais sortir pour leur parler. Ensuite, comme la journée est bientôt finie, vous rentrerez chez vous et vous utiliserez ce temps pour réfléchir à votre comportement.

Je me laisse retomber dans mon fauteuil tandis qu'elle nous laisse seuls tous les deux. Mon cœur s'emballe, mes pensées partent dans tous les sens et le lièvre fantôme continue à arpenter la pièce, cherchant désespérément une issue.

Maman est là. Ce qui veut dire que Mlle Omar l'a appelée, le téléphone a donc dû sonner et la faire sursauter. Et maintenant, Maman doit penser qu'il s'est passé quelque chose de grave, alors que pas du tout.

La porte se ferme et j'entends Nathan renifler.

— Tout ça, c'est de ta faute, lui dis-je d'un ton sec.

— C'est toi qui m'as frappé.

Je lève les yeux au ciel.

— J'ai frappé ton sac, pas toi ! Et c'est parce que tu as dit... Tu as harcelé Djibril, dis-je en déglutissant.

Nathan souffle et s'enfonce dans son siège à son tour.

Je m'apprête à poursuivre mais des cris s'élèvent derrière la porte. Je remarque que Nathan s'enfonce de plus en plus dans son fauteuil. Je me lève et me précipite vers la porte, le lièvre sur les talons.

— Non ! crie Nathan au moment où j'ouvre la porte.

Il faut que j'ouvre la porte parce que c'est peut-être Maman qui crie. Peut-être qu'elle a une crise ? Je dois intervenir avant que les autres ne la voient comme ça.

Mais ce n'est pas Maman qui crie. C'est un homme de grande taille avec des lunettes rondes qui se dispute avec une femme qui porte des centaines de bracelets dorés qui s'entrechoquent inlassablement. Ils ne sont pas en colère contre Mlle Rose, ils se hurlent dessus au sujet de Nathan.

Ce sont ses parents.

Mais ce n'est pas ça qui pousse le lièvre arc-en-ciel à rabattre ses oreilles et à retourner se cacher dans le bureau dont Nathan s'apprête à refermer la porte. C'est Maman. Assise dans le couloir, la tête entre les genoux, serrant la main de Djibril dans la sienne.

Djibril la voit. Et Mlle Rose la voit. Et l'agent d'accueil, les parents de Nathan et Nathan aussi.

Je me sens rougir jusqu'aux oreilles et je cours vers Maman, poussant la main de Djibril pour mettre la mienne à sa place, m'agenouillant près d'elle pour lui chuchoter que tout va bien et qu'il faut qu'elle respire et aussi qu'elle essaie d'être un peu plus discrète parce que tout le monde la regarde.

Mlle Rose s'assied à son tour à côté de Maman.

Mlle Rose tente de l'aider mais elle ne sait pas s'y prendre aussi bien que moi. Elle ne sait pas que ça arrive souvent à Maman et que c'est sa dépression qui lui fait voir les choses en noir. Elle ne sait pas que, malgré tout, Maman est la personne la plus forte et la plus merveilleuse qui soit. Et elle ne sait pas que ce n'est pas grave.

Tout va *très bien.*

L'agent d'accueil essaie de me ramener dans le bureau près de Nathan mais je le repousse.

— Elle a juste besoin que vous vous calmiez, tous.

J'ai parlé plus fort que prévu : Maman relève la tête et me regarde dans les yeux pour me faire comprendre que j'ai été impolie.

Et j'avoue que ça me soulage presque de la voir réagir comme ça parce que ça signifie que sa crise de panique n'est pas si grave. Parfois, la dépression l'emmène très loin mais pas cette fois. Elle sait où elle est.

Djibril ouvre de grands yeux et je sens un éclair de colère me traverser quand Maman se redresse et répète à tout le monde qu'elle va bien, que tout ça est ridicule. Je lâche sa main et regarde de l'autre côté, tandis que Mlle Rose en fait des tonnes, lui demandant s'il faut appeler une ambulance.

Le lièvre est à nouveau en panique, il bondit en direction de la porte fermée comme si lui aussi voulait fuir le plus loin possible. Moi, j'aimerais qu'il *s'arrête* et qu'il panique plus discrètement, comme moi.

Djibril se lève et se dirige vers moi.

— Nora ? me dit-il délicatement.

— Tu m'as laissée, lui dis-je d'un ton sec. Moi, je t'ai défendu et toi, tu m'as laissée seule.

— Je ne t'ai pas demandé de me défendre, me répond-il. Je croyais qu'on était pareils, toi et moi, et qu'on pouvait fuir nos problèmes et se cacher ensemble et...

— Je ne fuis pas !

J'ai crié si fort que Mlle Rose s'interrompt et Maman grimace. Djibril essaie de me prendre la main mais je la retire d'un coup sec. Mes pensées s'emballent, elles tournent en rond avec le lièvre.

— On n'est pas pareils. On n'est pas pareils du tout.

Djibril recule comme si je l'avais frappé.

Quand je me retourne, je vois que Nathan, ses parents, l'agent d'accueil et tous les autres me regardent. Et j'aimerais vraiment qu'ils arrêtent.

Je prends la main de Maman.

— Allez viens, on y va.

Mlle Rose parle toujours d'appeler une ambulance mais Maman va maintenant suffisamment mieux pour lui dire que ce n'est pas la peine. Elle n'a quand même pas l'air très convaincante, alors je la tire vers la sortie puis à travers la cour. Le lièvre s'échappe devant nous. Maman retire sa main de la mienne.

— Nora, tu me fais mal. Mais qu'est-ce qui t'arrive aujourd'hui ?

Je m'arrête et la regarde.

Mon cœur bat fort dans ma poitrine.

— Pourquoi est-ce qu'il a fallu que tu viennes et que tu fasses ça ?

Maman demeure perplexe.

— On m'a appelée. La directrice a dit que tu t'étais battue et…

— Mais maintenant, ils vont penser qu'il y a un problème, alors que pas du tout ! Tu n'aurais pas pu faire semblant d'être normale, juste quelques minutes ?

Autour de nous, des pigeons s'envolent et Maman, sous le choc, recule d'un pas. Elle porte les mêmes vêtements que lorsqu'elle reste à la maison et ses yeux sont gonflés. Je ne peux pas oublier l'image de sa main dans celle de Djibril et cette pensée me fait l'effet d'une décharge électrique.

J'écrase une mauvaise herbe qui pousse sur le bord du trottoir et je me dirige vers la voiture en tapant des pieds. Une fois assise, je me tourne vers la vitre.

Maman ne dit pas un mot de tout le trajet. Mes pensées tournent dans ma tête. Une fois arrivées à destination, je cours vers la maison et elle doit me poursuivre dans le couloir.

— Nora, soupire-t-elle. Nora, regarde-moi, s'il te plaît.

— J'ai pas envie, lui dis-je en râlant tandis que je retire mes chaussures.

Je me précipite en haut de l'escalier mais Maman m'attrape et essaie de me serrer dans ses bras. Je la repousse mais elle ne relâche pas son étreinte et son odeur est si rassurante que je sens ma colère fondre comme la neige au soleil.

Elle me serre fort contre elle.

— Je suis désolée, Nora. Je suis désolée que ça te fasse autant de peine.

— Mais non, je vais *très bien*, lui dis-je en secouant la tête.

Maman se recule pour me regarder, elle place mes mèches de cheveux derrière mes oreilles.

— Tu te bats à l'école ? Tu arrives en retard ? Non, Nora, ça ne va pas *bien*.

Je lui réponds calmement :

— Ce n'est pas ma faute, c'est le lièvre fantôme…

Maman lève les yeux :

— Oh non, pas encore ces histoires de fantômes, Nora. Tu es trop grande pour ça maintenant. Tu dois assumer tes actes.

Derrière elle, le lièvre bondit à nouveau.

Mais je reconnais qu'elle a raison. Je me dois d'être plus forte pour elle, si je veux vraiment lui venir en aide.

Je baisse la tête et j'acquiesce. Maman me serre à nouveau fort contre elle.

— Oh, Nora, je suis désolée de t'avoir mise mal à l'aise à l'école. C'est ma dépression, elle…

— Je sais, Maman. Ce n'est pas de ta faute.

Maman me frictionne le dos et soupire.

— Je crois qu'on devrait peut-être prendre un nouveau rendez-vous avec le docteur, si tu es d'accord ?

J'ai envie de lui dire que ce n'est pas la peine et que je vais bien. Mais, derrière elle, je vois que le lièvre arrête enfin de courir et s'allonge en plein milieu du couloir, son long corps étalé sur le sol. Et je réalise à quel point je suis épuisée, moi aussi.

— OK, lui dis-je d'une toute petite voix.

14

Il me faut une éternité pour parvenir à m'endormir. Je n'arrête pas de penser à la main de Maman dans celle de Djibril et à la façon dont je lui ai crié dessus. Ça me retourne l'estomac, comme s'il y avait un serpent qui se tortillait à l'intérieur. Aussi, quand je m'endors enfin, je rêve de pythons, de cordes et d'autres trucs emmêlés.

Je suis réveillée par la pluie qui frappe à ma fenêtre et il me faut un moment pour réaliser que la lumière multicolore dans laquelle baigne ma chambre n'est pas due au soleil qui se faufile entre les gouttes mais au fantôme d'un lièvre qui se fraye un chemin dans ma chevelure.

Mon ventre se tord et je tâtonne à la recherche de mes lunettes. Je sens toujours le serpent qui s'insinue entre mes côtes et la voix de Maman résonne dans ma tête : je suis trop grande pour voir des lièvres arc-en-ciel maintenant. Je dois me montrer responsable. Je ferme les yeux bien fort et je me retourne pour me cacher.

Je sens d'abord le frottement à peine perceptible d'une petite langue qui me lèche la joue. C'est glacial. Exactement la même sensation que j'ai ressentie lors de la rencontre avec le renard arc-en-ciel. Le lièvre a choisi son moment pour me faire confiance et s'approcher de moi. Maintenant que je me suis battue avec Nathan et que j'ai crié sur Maman, à cause de lui.

— Va-t'en, lui dis-je d'un ton sec.

Le lièvre bondit par-dessus ma tête, de l'autre côté du lit, une oreille en l'air, l'autre rabattue.

— Je ne veux pas de toi ici ! lui dis-je en sifflant.

Le lièvre me regarde simplement, la tête inclinée sur le côté.

— Toi et le renard fantôme, vous avez tout gâché !

Je prends mon radio-réveil et je le jette sur lui. Il saute hors du lit mais ne s'en va pas pour autant.

— Je ne comprends pas pourquoi tu es là. Ce n'est pas pour m'aider à me sentir forte. Tout ce que tu as fait, c'est paniquer, te mettre en colère et aggraver les choses.

Le lièvre bondit près de moi, je sens qu'il observe cette partie de moi que je cache tout au fond de ma tête.

— Tout ce que tu as fait, c'est me montrer à quel point la situation est grave. Et à quel point...

Je prends une grande inspiration tandis que mon cœur se serre.

— À quel point tout ne va pas si *bien* que ça.

Le lièvre s'assied. Il a l'air content de lui. Moi, je lui tourne le dos et je ferme les yeux.

— Va-t'en, lui dis-je dans un souffle. Je ne veux plus te voir.

Soudain, la lumière se fait moins forte. Et quand j'ouvre les paupières pour regarder dans la direction où se trouvait le lièvre arc-en-ciel, je ne vois plus que du vide.

TROISIÈME PARTIE

Le corbeau

15

Je pars pour l'école avant que Djibril ait l'occasion de venir me chercher. Il pleut et, même si on ne peut pas dire qu'aujourd'hui soit un Bon Jour – elle a toujours l'air épuisée et tourmentée –, Maman me propose de me conduire à l'école. Je suis donc à l'heure, ce matin.

Mieux, je suis même en avance, il n'y a personne sur le parking.

— Il est un peu trop tôt, me dit Maman en regardant dans ses rétroviseurs.

Je détache ma ceinture.

— Ce n'est pas grave.

Mlle Omar arrive toujours tôt et quand il pleut elle me laisse m'installer au coin lecture.

Maman passe sa main dans mes cheveux.

— Et ça va, tu te sens bien, ma puce ? On n'a pas vraiment parlé de ta bagarre, hier soir...

J'acquiesce, la main sur la poignée de la portière.

— C'est un malentendu. Nathan est une petite brute qui harcèle les autres. Je me suis interposée, c'est tout.

Maman sourit mais elle grimace un peu, aussi.

— C'est bien, Nora. Mais, la prochaine fois, peut-être que ça serait bien si...

— J'utiliserai mes mots plutôt que mes poings. Je sais, lui dis-je en soupirant, ce qu'elle trouve amusant.

Elle m'embrasse sur la tête.

— Ça, c'est ma fille.

Je lui dis au revoir et je remonte l'allée jusqu'à l'entrée.

Là, perché sur le mur à côté du panneau d'entrée, je remarque un fantôme de corbeau.

Ses yeux sont comme des perles noires, il a un bec aiguisé et ses plumes sont tout ébouriffées. Il est énorme. Bien plus gros que les oiseaux que j'ai pu approcher auparavant. Je ne le reconnais que parce que j'ai vu des photos de corbeaux dans des livres. Ses plumes sont peut-être noires mais son halo palpite de mille couleurs : rouge, bleu, or... On dirait qu'il se prépare à s'envoler. À cet instant, je me sens incroyablement légère. Puis je me rappelle que Maman me regarde.

Je fais semblant de retirer un caillou dans ma chaussure et je m'écarte du corbeau pour me diriger vers la porte de l'école, la tête baissée. Mon cœur bat la chamade parce qu'en passant aussi près de lui, je peux observer ses yeux intelligents et ses énormes serres. Il est magnifique... Mais je n'ai plus trop envie de voir des animaux arc-en-ciel, alors j'ouvre la porte en grand et je me précipite à l'intérieur du bâtiment.

Une fois installée au coin lecture, j'essaie de me concentrer sur mon livre, cependant mes pensées se bousculent dans ma tête.

La classe commence et j'essaie de rester fixée sur mon travail lorsque j'entends distinctement le son étouffé de plumes qui tapent contre la vitre.

À la récréation, Mlle Omar nous garde à l'intérieur une nouvelle fois, à cause de la pluie. Par la fenêtre, ce sont deux corbeaux multicolores que j'aperçois désormais. Plantés au bord d'une flaque d'eau, ils gonflent leurs plumes en me regardant fixement.

Je quitte précipitamment mon bureau pour consulter l'ordinateur, au fond de la classe, avant que d'autres élèves aient l'idée d'aller y jouer aux jeux vidéo. Dans la barre de recherche, je tape :

renseignements sur les corbeaux

Je découvre que les corbeaux sont intelligents, qu'ils sont très doués pour la chasse et qu'ils peuvent même imiter les voix humaines. Mais j'apprends aussi que lorsqu'ils se font un ennemi, c'est pour la vie et qu'on appelle un groupe de corbeaux une « conspiration ». Je me dépêche de me déconnecter pour laisser la place à Manon qui attend à côté de moi.

J'ai soudain mal au ventre à l'idée que les corbeaux sont peut-être là pour venger le lièvre que j'ai disputé hier soir ou parce qu'ils sont fâchés que je les ignore. Je garde les yeux baissés pendant tout le reste de la matinée mais quand vient l'heure du déjeuner, je jette un œil dehors. Je manque de pousser un cri quand je m'aperçois que la pelouse entière est recouverte d'oiseaux fantômes.

La pire conspiration de corbeaux qu'on ait vue… Et tous me fixent.

Je me précipite hors de la classe. Dans le couloir, j'essaie d'éviter les fenêtres. Je m'attends presque à me faire attaquer par des serres géantes quand je fonce sur Djibril à l'entrée de la cantine.

— Nora, me demande-t-il, ça va ?

Je fais oui de la tête tout en le contournant pour prendre place dans la file d'attente.

— Ça n'a pas l'air d'aller. Tu es toujours fâchée contre moi parce que je t'ai laissée seule hier ? Je suis désolé, tu sais. J'ai juste pas compris pourquoi tu ne voulais pas être comme moi et… et aussi, j'ai eu un peu honte que tu prennes ma défense comme ça, me dit-il en regardant ses pieds.

Il marmonne encore autre chose mais je ne l'écoute pas vraiment. J'essaie de me concentrer sur les légumes que je vais choisir de manger avec ma quiche, tout en ignorant les plumes noires qui semblent se coller aux fenêtres. Le silence s'étire entre nous comme un élastique. Djibril tente de me prendre la main mais je la retire immédiatement et lui dis d'un ton sec :

— Je t'ai déjà dit que je n'ai pas besoin de ton aide.

Il me répond un peu confus :

— Mais ce n'est pas ce que...

— Va-t'en, c'est tout ! lui dis-je un peu plus fort que je ne l'aurais voulu. Va jouer à tes jeux stupides et laisse-moi tranquille, je préfère être seule.

Djibril a l'air vraiment blessé. Je grogne et j'attrape un sandwich pour aller le manger dans les toilettes, là où les garçons et les corbeaux ne peuvent pas rentrer.

Mes pensées s'embrouillent. Il y a le fait que je suis toujours gênée que Djibril ait vu Maman dans cet état et qu'il lui ait tenu la main à ma place. Il y a aussi la conspiration des corbeaux et le lièvre qui m'a fait prendre conscience que tout ne va pas si *bien*. Ça fait beaucoup à porter sur mes petites épaules.

Il y a quand même une chose que je sais, c'est que les animaux arc-en-ciel ne m'ont apporté que des ennuis. Depuis que le renard est apparu dans ma chambre, mes routines rassurantes ont été bouleversées et les choses se sont même aggravées. J'ai perdu mon vélo et Maman s'est fâchée contre moi. Je me suis battue et tout le monde a pu voir que Maman avait des problèmes.

Moi, je veux juste que les choses reviennent à la normale.

Je considère la possibilité de rester cachée dans les toilettes jusqu'à la fin de la journée mais j'entends des battements d'ailes contre la fenêtre. Je sens des centaines de petits yeux noirs et brillants qui me suivent du regard pendant que je cours jusqu'à ma classe, la tête toujours baissée. Je percute Mlle Omar qui se tient devant l'entrée.

— Nora, tu sais que quand on marche, il vaut mieux regarder devant soi, n'est-ce pas ?

— Désolée, mademoiselle Omar, lui dis-je en me frictionnant le bras.

Elle se baisse pour se mettre à ma hauteur et trouver mon regard sous ma frange :

— Tout va bien ?

J'acquiesce rapidement et je l'esquive pour aller m'asseoir mais je sens son regard dans mon dos. Et pendant le restant de l'après-midi, je vois bien qu'elle m'observe entre chaque leçon.

À la fin de la journée, j'essaie de filer discrètement mais, bien sûr, elle m'interpelle :

— Nora, je peux te parler, s'il te plaît ?

Je traîne des pieds jusqu'à son bureau tandis que les autres font leur cartable et sortent au fur et à mesure. Quand ils sont tous partis, un silence épais s'installe entre nous.

Mlle Omar me sourit en s'appuyant contre son bureau, les bras croisés. Aujourd'hui, elle porte une tenue colorée, la lumière s'y reflète... comme un arc-en-ciel.

— Tu sais que tu peux me parler, Nora.

Ce n'est pas une question, je ne réponds donc pas. Mais elle attend une réaction de ma part, alors je finis par lui répondre en soupirant :

— Je n'ai pas besoin de parler.

Mlle Omar n'a pas du tout l'air convaincue. Elle se retourne pour se pencher par-dessus son bureau et sort du tiroir un carnet dont la couverture est illustrée de corbeaux.

Mon cœur s'emballe.

— Parfois, me dit-elle, j'ai l'impression qu'il y a tellement de pensées qui se bousculent dans ma tête que je ne sais pas sur laquelle me concentrer en premier. Dans ces cas-là, la meilleure chose à faire, c'est d'en parler à quelqu'un en qui j'ai confiance mais je trouve aussi que de les écrire dans un carnet me soulage un peu.

Elle feuillette le carnet et je vois que les pages sont remplies de son écriture, dans des couleurs différentes.

— Vous avez écrit tout ça ?

Elle acquiesce en souriant.

— Ça m'a pris un trimestre. Mais l'important, ce n'est pas d'avoir rempli le carnet, c'est qu'il m'offre un espace où écrire mes pensés, mes émotions, ma vérité.

Je pousse un cri de surprise quand elle arrache un gros paquet de pages du carnet :

— Mademoiselle Omar ! lui dis-je, bouche bée.

Elle rit en me tendant le carnet à moitié vide, tandis que ses mots à elle se retrouvent exposés sur le bureau, sans couverture. Je regarde le carnet, immobile, puis je la fixe, elle. Si bien qu'elle finit par le pousser vers moi pour que je le prenne.

— Il est à toi. Écris tes mots. Et quand tu te sentiras prête, tu pourras les montrer à une personne en qui tu as confiance. J'espère que tu sais que tu peux me faire confiance, Nora. Les enseignants sont là pour apprendre des choses aux enfants mais aussi pour les écouter.

Je lui prends le carnet et la regarde passer derrière son bureau pour ranger ses feuilles volantes arrachées.

Les corbeaux, sur la couverture, ont l'air bien différents de ceux que j'ai vus ce matin : ils pourraient être mes amis.

Je regarde alors dehors et je vois les corbeaux s'envoler, dessinant dans le ciel un étrange arc-en-ciel, sombre.

— Merci, dis-je doucement en glissant le carnet dans mon cartable.

16

Quand je rentre à la maison, j'entends Maman qui parle d'un ton trop poli avec sa voix de téléphone. Elle semble soulagée de me voir déposer mon cartable dans l'entrée.

— Ah, la voilà ! dit-elle en levant les yeux au ciel pendant que la personne continue à parler. Oui, ajoute-t-elle avec un faux rire. D'accord. Au revoir, alors. D'accord. À bientôt.

Elle me tend le téléphone en chuchotant :

— C'est ton père.

Je retire mes chaussures, étonnée. D'ordinaire, Maman évite autant qu'elle peut de parler au téléphone avec Papa.

J'ai toujours cru que c'était parce que ça la rendait triste mais en fait, on dirait juste qu'elle le trouve ennuyeux.

— Et, comme d'habitude, la ligne est mauvaise.

Je lui arrache le téléphone des mains.

— Papa ?

Je grimpe l'escalier en courant et m'enferme dans ma chambre, à bout de souffle.

— Nora ! me dit Papa d'un ton enjoué. Sa voix est lointaine et un peu hachée. Comment va ma tigresse préférée ?

— Tu as l'air bizarre, dis-je en essayant de monter le volume.

— C'est le réseau...

Mais je vois bien qu'il n'y a pas que ça. Le ton de sa voix est différent aussi. Il a toujours prononcé mon nom avec ce ton enjoué mais aujourd'hui, ce sont tous ses mots qui sonnent différemment, comme s'il appelait d'un nouvel endroit. Peut-être que c'est le cas.

— Tu me manques, lui dis-je en me mordant immédiatement la lèvre parce que, même si je parle de temps en temps avec lui au téléphone, je ne l'ai pas revu depuis qu'il est parti, il y a des années (alors, c'est bizarre de lui dire ça).

— Oh, répond-il en s'éclaircissant la voix. Eh bien oui, toi aussi, tu me manques. Même si j'ai beaucoup de travail, tu sais ! On a de nouveaux bébés tigres, à la réserve. Leurs mères les ont abandonnés, alors ça nous occupe jour et nuit.

Je m'assieds sur mon lit et j'écoute la ligne qui crépite.

Papa s'éclaircit la voix à nouveau.

— D'ailleurs, à ce propos, ta mère m'a demandé si j'avais l'intention de rentrer quelque temps... Et... Si tu as besoin de moi, Nora, tu sais... Mais bon... avec ces bébés tigres qui requièrent beaucoup d'attention, toute l'équipe est mobilisée et... Mais si ça ne va pas, je peux...

— Tout va *bien*, lui dis-je très vite. Tu n'as pas besoin de revenir, Papa. On dirait que tu es bien occupé.

Une ombre passe derrière la fenêtre, je lui tourne le dos.

Papa éclate de rire.

— C'est vrai... Mais, euh, tu es sûre que tout va bien? Parce que ta mère vient de me parler d'une bagarre, à l'école...

— Oh, lui dis-je en couvrant mon oreille avec la main pour ne plus entendre les plumes qui frappent contre la fenêtre de ma chambre. Tu me connais, Papa, je suis comme les animaux sauvages, je peux me débrouiller toute seule.

Papa rit à nouveau, puis il me parle des animaux dont il s'occupe et de ses missions aventureuses, comme le sauvetage d'un bison coincé dans un gouffre ou celui d'un ours poursuivi par des chasseurs. Mais comme la liaison est mauvaise, je ne comprends pas tous les mots, alors au bout d'un moment, je cesse de l'écouter. Soudain, je relève le mot « mamie » :

— Mamie… si ça te dit… beaucoup d'animaux… fais pas attention au bazar.

— Quoi ? Je ne t'entends pas bien.

— Décidément, cette ligne… je disais juste… reprendre contact.

La ligne grésille de plus en plus et elle finit par couper. Au même moment, j'entends un grand bruit contre la fenêtre et je me retourne en sursautant. À l'extérieur, les corbeaux que j'ai aperçus à l'école croassent. Leur cri fantomatique traverse à peine la vitre mais le bruit sourd qui émane de leurs pattes et de leur corps fait trembler mon abat-jour.

Je me précipite en bas de l'escalier pour voir si Maman les entend mais quelqu'un frappe lourdement à la porte. Je me dépêche d'aller ouvrir, m'attendant à voir des plumes, mais c'est Djibril qui se trouve là, devant moi, le souffle court, transpirant, le poing encore levé vers la porte.

— Va-t'...

— C'est mon papy ! Mon papy, il... s'il te plaît... ne... je ne sais pas quoi...

Mon cœur s'emballe et j'ouvre la porte en grand pour que Djibril puisse entrer mais il me tire à l'extérieur, alors que je suis pieds nus.

— Que se passe-t-il ? demande Maman dans mon dos.

Elle observe Djibril qui a l'air complètement perdu et effrayé.

— C'est mon papy, reprend-il. Il a fait une chute.

J'attrape la main de Djibril et je la serre fort dans la mienne. Maman a disparu dans la maison et, l'espace d'un instant, je panique. Puis elle revient avec la trousse de secours verte, celle avec laquelle elle a soigné mes égratignures, après ma chute à vélo.

— Maman...

— Tes chaussures, Nora, dit-elle en me les tendant.

Elle a déjà les siennes aux pieds, comme par magie. Elle sourit à Djibril, comme si elle le connaissait depuis toujours, et elle pose une main sur son épaule.

— Tu peux me conduire jusqu'à lui ?

Djibril acquiesce, l'air toujours effrayé, puis il emmène Maman de l'autre côté de la rue, tandis que j'enfile mes chaussures et que je ferme la porte d'entrée avant d'essayer tant bien que mal de les rattraper.

Nous traversons rapidement le couloir puis la cuisine multicolore qui est comme un éclair de joie dans un moment gris et triste. Djibril se précipite vers la porte de derrière et nous entraîne dans le jardin, vers la vieille caravane. Je me sens mal quand je vois le grand-père de Djibril, allongé sur le chemin pavé qui longe la caravane. Il semble souffrir terriblement.

— Ça va aller, Papy. J'ai ramené de l'aide, comme je te l'avais promis, lui dit Djibril d'une voix douce.

Son grand-père nous regarde tous les trois d'un air perplexe.

— Qui êtes-vous ? nous demande-t-il. Je vais bien, vous savez. Je n'ai pas besoin d'...

Mais la douleur qui le saisit quand il essaie de bouger l'empêche de finir sa phrase.

Maman l'aide à trouver une position confortable et moi, je regarde autour de moi, ne sachant pas trop quoi faire. Posé sur l'herbe, à côté de nous, un corbeau arc-en-ciel penche la tête sur le côté, pointant son bec en direction d'une feuille de papier et d'un crayon...

Je tends le bras pour les attraper et j'écris :

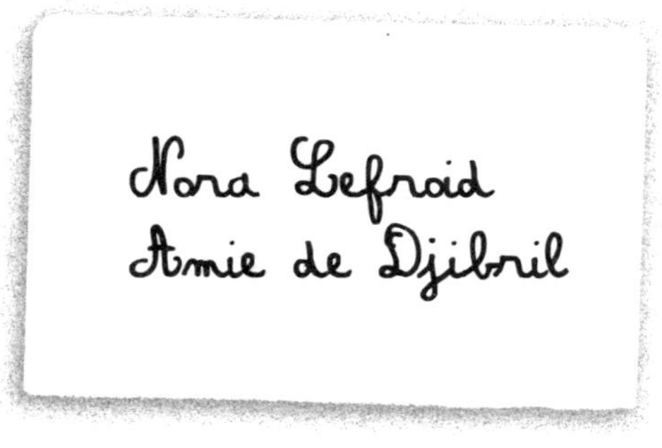

Je coince le papier dans la poche de mon tee-shirt.

Le grand-père de Djibril le lit et semble rassuré. Djibril le lit aussi et me regarde.

« Je suis désolée », lui dis-je silencieusement.

Djibril se penche vers moi pour m'attraper la main et il la serre dans la sienne.

Maman ouvre sa trousse de secours. Elle parle bien fort au grand-père de Djibril, en articulant, tout en examinant ses yeux et sa tête. C'est comme si elle était revenue à la normale. Qu'elle rayonnait comme avant, quand elle venait en aide aux autres.

Je coince le papier dans le tee-shirt de Maman, qui m'adresse un petit sourire en coin avant de se tourner vers Djibril.

— Tu as vraiment bien réagi, Djibril, en venant nous demander de l'aide. Ton grand-père a l'air d'aller mieux mais je pense qu'on devrait le conduire à l'hôpital pour s'en assurer. Est-ce que tu sais comment faire pour appeler une ambulance ?

Djibril acquiesce :

— Il faut appeler le 15, c'est ça ? Je ne l'ai jamais fait avant.

— Nora va te montrer. Tu veux bien, Nora ?

Je fais oui de la tête et j'attrape le téléphone, sans lâcher la main de Djibril.

— Ça va aller, lui dis-je. Maman est ambulancière, elle sait ce qu'elle fait. On dirait que ton grand-père n'a rien de grave.

Je lui souris et il acquiesce. Il a quand même l'air un peu secoué, alors je le fais asseoir dans l'allée, à bonne distance de Maman qui blague avec le grand-père de Djibril. Puis je compose le 15 sur son téléphone.

— Tu veux que je leur parle ?

— Non, me répond-il en secouant la tête. Je peux le faire.

Je lui tends le téléphone à la première sonnerie :

— Bien sûr que tu peux.

Djibril garde ma main dans la sienne pendant toute la conversation téléphonique. Au bout du fil on lui demande l'adresse précise et j'aide Djibril en lui rappelant le numéro de la rue. La personne lui demande aussi ce qui est arrivé à son grand-père et Djibril lui raconte qu'il l'a trouvé par terre, dans le jardin, quand il est rentré de l'école. Je lui serre la main encore plus fort. Puis c'est à Maman qu'ils ont besoin de parler. Elle explique que les constantes sont bonnes mais qu'il a une douleur à la hanche.

Djibril explique parfaitement à Maman quels médicaments prend son grand-père, il a dessiné tous les emballages dans son carnet, même si certains sont pourvus de queues couvertes d'écailles ou crachent du feu.

— C'est super de savoir qu'on peut compter sur quelqu'un comme toi, lui dit Maman.

Alors, son grand-père tend le bras vers la main de Djibril avec fierté.

— C'est le meilleur.

Djibril rayonne littéralement.

Comme l'ambulance ne va pas arriver tout de suite, Djibril essaie d'appeler chez lui pour prévenir ses parents mais personne ne décroche. Il ne veut pas quitter son grand-père, alors on va chercher des couvertures et on prépare du thé en attendant les secours. On s'assied dans le jardin, par terre dans l'allée et, même si on ne peut pas dire que ce soit la fête – le grand-père de Djibril est toujours au sol et il a mal –, la situation est quand même plus agréable que tout à l'heure. On se sent en sécurité, et c'est grâce à Maman qui réussit à nous faire rire.

Quand l'ambulance arrive, Maman va à la rencontre de l'équipe et le grand-père de Djibril ferme les yeux un instant, pour profiter de la douceur du coucher de soleil.

— Ta maman est extraordinaire, me dit Djibril.

Je lui réponds en souriant :

— Ça, tu peux le dire.

— Je ne savais pas qu'elle était ambulancière. Tu dois être sacrément fière d'elle.

Je rougis tout en faisant oui de la tête parce que je suis vraiment très fière d'elle. Je serre toujours la main de Djibril dans la mienne, comme il serrait celle de Maman hier, quand elle avait besoin de lui. Alors, je lui dis la vérité.

— Tu as entendu parler de la dépression ?

Djibril fait non de la tête. Pour le lui expliquer, je dois humidifier mes lèvres parce qu'elles sont soudain très sèches.

— Eh bien...

— La dépression est une maladie mentale invisible... dit soudain le grand-père de Djibril, les paupières toujours closes.

Djibril sourit et donne un petit coup de coude à son grand-père :

— Frimeur !

Son grand-père ouvre brièvement les yeux pour lui faire un clin d'œil. Je lui demande alors :

— Comment vous connaissez ?

Il me sourit.

— Comme je te l'ai dit la dernière fois, Nora, on apprend beaucoup de choses dans les livres.

— C'est quoi la dépression ? me demande Djibril.

Je repense à ce que Maman et le docteur m'ont dit avant Noël :

— Parfois, quand quelqu'un vit quelque chose de grave ou d'angoissant, le souvenir de cet événement reste présent en permanence dans sa tête. L'an dernier, ma maman a eu beaucoup de travail et, en tant qu'ambulancière, elle a vu beaucoup de situations tristes et angoissantes. Parfois, le fantôme de ces événements revient la hanter et alors elle se sent très triste ou en colère ou effrayée. Comme quand tu l'as vue, l'autre jour.

Djibril acquiesce, il ouvre de grands yeux :

— Alors elle aussi, elle voit des fantômes ?

Je regarde en direction de la porte d'où émanent des voix qui suivent Maman.

— Ce n'est pas le même genre de fantômes. Mais elle se fait aider et elle a arrêté de travailler en attendant d'aller mieux.

Djibril pousse un long soupir :

— Elle est encore plus extraordinaire que je le pensais !

Un grand sourire se dessine sur mon visage et je me redresse. Le grand-père de Djibril tend le bras vers nous et pose sa main sur les nôtres, les yeux bien ouverts.

— Je ne me souviens peut-être pas de tout, nous dit-il, mais je sais de source sûre qu'il n'y a aucune honte à souffrir de dépression, Nora.

Je me sens envahie par une foule d'émotions qui se coincent au fond de ma gorge, si bien que je suis incapable de dire merci ou quoi que ce soit d'autre. Mais soudain, Maman est là avec les secouristes dans leur uniforme étincelant, alors nous nous écartons pour les laisser travailler.

Djibril et moi les regardons glisser son grand-père sur un brancard. Et c'est génial de voir Maman participer, comme si c'était complètement naturel pour elle. Je me sens si fière que mon cœur pourrait exploser.

— Eh bien, je me sens un peu comme un vieil imbécile, s'exclame le grand-père de Djibril quand ils le soulèvent pour le transporter.

Maman lui sourit chaleureusement :

— Allons, Erwin, ce n'est pas parce qu'on a besoin d'un petit coup de main qu'on est un imbécile.

Elle croise mon regard et son sourire s'éteint légèrement, puis elle baisse les yeux au sol.

Dans mon dos, le corbeau arc-en-ciel croasse. Cette fois, je me retourne pour l'observer avec attention. Ses plumes étincellent dans un halo multicolore.

17

Avant que l'ambulance parte, nous courons tous les deux chez les parents de Djibril pour leur expliquer ce qui s'est passé.

Sa maison est en bas de la pente, après le virage, mais, de l'extérieur, elle est identique aux autres maisons de ma rue. À l'intérieur, par contre, il y a des garçons qui crient et courent dans tous les sens à travers le hall d'entrée et dans les escaliers.

Je demande à Djibril en gloussant :

— Alors, c'est comme ça, chez toi ?

Il lève les yeux au ciel. C'est amusant que quelqu'un comme Djibril, qui adore être seul, vive dans une maison où règne une telle agitation.

— Voilà pourquoi je suis tout le temps fourré chez Papy.

Il me laisse dans l'entrée, au milieu des blousons et des jouets, avec Loulou qui rampe dans ma direction pour s'agripper à ma jambe. Dans le salon, Léo et Paul crient et font mine de se battre sur le sol. Quelqu'un que je ne peux pas voir leur demande de faire moins de bruit depuis la cuisine d'où s'élève une odeur si délicieuse que mon estomac se met à gargouiller.

J'entends Djibril leur parler et, immédiatement, le silence se fait.

Une voix d'homme tonne :

— Chaussures ! On part dans trois minutes !

Les garçons arrêtent de se battre dans le salon et Loulou me lâche la jambe. Soudain, tout le monde est dans l'entrée, en train d'enfiler manteau et chaussures, et je dois dire que Djibril avait raison, ça sent un peu les pieds.

L'homme qui était dans la cuisine a attaché ses dreadlocks avec un élastique arc-en-ciel, et il a l'air soucieux au moment d'ouvrir la porte d'entrée.

— Djibril, mon grand, tu peux fermer à clé, s'il te plaît ?

Djibril acquiesce et l'homme s'élance dans la rue en courant, son long manteau gonflé par le vent, tandis qu'il grimpe la colline.

Une fois qu'il est parti, l'agitation reprend autour de nous : Louis crie, Léo et Paul recommencent à se chamailler.

— Hé, c'est mon manteau ! crie Léo.

— Tu me marches sur les pieds ! lui répond Paul.

— Non, non, non ! hurle Louis.

Ça fait beaucoup. Mais Djibril garde son calme. Il distribue les blousons, prend son petit frère dans ses bras et ferme la porte à clé.

— Nora, tu te souviens de mes frères ? Il manque juste Issa qui doit être chez un copain.

Je réponds timidement :

— Oui, salut tout le monde.

Léo me fait un petit signe de la main et Paul me donne une tape dans le dos. Nous remontons la rue derrière Djibril et la fratrie se tait quand on approche de l'ambulance dans laquelle leur père grimpe avec leur grand-père.

— Djibril, tu veux bien surveiller tes frères, s'il te plaît ? J'ai prévenu ta mère, elle est déjà partie du travail.

Djibril fait oui de la tête et Maman pose la main sur son épaule.

— Ça va aller. Ils vont venir un petit moment chez nous. On va les surveiller.

Le papa de Djibril acquiesce puis les portes de l'ambulance se ferment et elle démarre.

Maman regarde tous les enfants dont elle va devoir s'occuper et j'ai soudain peur que ça fasse trop pour elle et ses fantômes. Mais elle est toujours en mode super-héroïne : elle prend Louis dans ses bras comme si c'était son bébé et elle crie aux deux autres qui se chamaillent :

— Qui veut des nuggets ?

Tout ce petit monde fonce dans notre maison et on ouvre les rideaux en grand. Maman prend Louis avec elle dans la cuisine et je mets des dessins animés à Léo et Paul mais ils ne les regardent pas vraiment. Alors Djibril sort un jeu de société qui prend la poussière depuis qu'Anya ne vient plus à la maison.

On joue tous ensemble. Ça fait un sacré boucan mais c'est génial. Léo est bien plus petit que nous mais il est très malin. Paul a du mal à tenir en place et il rit à mes blagues, comme si j'étais vraiment hilarante. C'est chouette de voir Djibril sourire à nouveau après ce qui est arrivé à son grand-père. Et c'est encore plus chouette de les voir tous piocher dans les chips et les nuggets que Maman nous apporte.

Elle s'assied par terre avec nous et elle rit aux éclats avec Paul. Elle ne nous laisse que pour aller ouvrir la porte d'entrée quand la maman de Djibril arrive. Elle porte un tailleur rose vif, embrasse les garçons et prend Loulou dans ses bras.

— Tu dois être Nora, me dit-elle en me serrant la main. On a beaucoup entendu parler de toi.

Elle a la peau brun doré, exactement comme Djibril. Je lui souris timidement et je regarde Djibril qui a l'air un peu gêné, mais il me fait non de la tête parce qu'il sait que je pense aux animaux arc-en-ciel. Je suis soulagée de savoir qu'il ne leur a rien dit.

Ma mère et celle de Djibril s'assoient sur le canapé. Les paroles crépitent de toutes parts dans le salon, c'est comme un feu d'artifice de bruits, de rires et de couleurs vives. Quand la mère de Djibril se lève pour dire qu'il est temps de partir, je me joins aux autres pour protester.

Paul renverse le plateau du jeu de société. Djibril m'aide à ranger et je remarque que ses chaussettes tigrées sont parfaitement identiques aux miennes.

— Pourquoi tu portes des chaussettes tigrées ?

Djibril évite mon regard :

— J'ai remarqué que tu en portais quand on s'est rencontrés, et je me suis dit que ça pourrait être une sorte d'uniforme commun. Parce que je suis content d'avoir trouvé quelqu'un qui me ressemble.

Je repense à la façon dont je l'ai repoussé après la bagarre.

— Je suis désolée d'avoir été aussi désagréable, Djibril. Mais, tu sais, on n'a pas besoin d'être parfaitement identiques pour être amis. J'aime bien l'idée que ta bizarrerie soit un peu différente de la mienne.

Il m'adresse un grand sourire.

Pendant que sa mère s'occupe de vérifier que tout le monde est bien habillé et chaussé, Djibril s'approche de Maman pour lui parler :

— Merci beaucoup pour votre aide aujourd'hui. Est-ce que vous pensez que mon papy va se remettre ?

Maman pose une main sur son épaule :

— J'en suis sûre et c'est grâce à toi. Les médecins vont s'occuper de lui.

Djibril fait oui de la tête et suit sa famille qui sort de la maison dans un concert de « mercis » et de « à bientôt ». Maman et moi leur faisons signe sur le pas de la porte et j'adresse un dernier coucou à Djibril.

— Quelle adorable famille, me dit Maman. Tu connais bien Djibril ?

Je les regarde disparaître dans le virage.

— C'est mon ami.

18

Tout le reste de la semaine, Djibril et moi nous retrouvons sous le cerisier pleureur à chaque récréation et aussi pendant la pause de midi. On s'assied dos à dos et on mange une des salades colorées que sa mère prépare toujours en trop grande quantité.

Désormais, il commence à y avoir des feuilles sur l'arbre et moi, je trouve que c'est de plus en plus naturel de parler et de rire avec Djibril. Il me donne

des nouvelles des progrès de son grand-père à l'hôpital et je lui explique certains termes médicaux comme « intraveineuse » ou « IRM ». Heureusement, son grand-père ne s'est rien cassé en tombant et dès le vendredi, il est de retour chez lui, équipé d'un collier avec un boîtier sur lequel il peut appuyer s'il a un problème. Le boîtier envoie un message sur les téléphones des parents de Djibril qui peuvent lui venir en aide immédiatement.

Tandis que nous finissons notre déjeuner du vendredi, je demande à Djibril :

— Et il en pense quoi, ton grand-père ?

Je le sens qui hausse les épaules dans mon dos.

— Comme je te l'ai dit, il n'est pas trop doué pour demander de l'aide. Mais on espère que le bouton va lui rappeler qu'on est là pour lui s'il a besoin de quoi que ce soit. Et pas seulement moi… Maman, Papa et toute la famille. Tous ensemble.

Une petite brise fait frissonner les feuilles de l'arbre. Djibril me dit que, bientôt, il y aura des bourgeons de fleurs en plus des feuilles et il me tarde de m'asseoir ici avec lui sous une cascade de couleurs.

En attendant, je parle à Djibril de la conspiration des corbeaux arc-en-ciel.

— Au début, j'ai cru qu'ils étaient venus me punir d'avoir crié et de les avoir ignorés mais je n'en suis plus trop sûre. Je me demande si, en fait, ils n'essayaient pas de me prévenir que ton grand-père avait besoin d'aide.

Djibril me fixe, l'air pensif :

— Tu en parles toujours comme s'ils étaient réels.

— Mais ils sont réels, lui dis-je. Je te l'ai déjà expliqué... Et tu as dit que tu me croyais... Tu ne me crois pas ?

Djibril semble avoir besoin de réfléchir longuement avant de me répondre et ça commence à m'énerver, mais il finit par acquiescer :

— Ce serait logique qu'ils aient essayé de te prévenir. Les corbeaux sont très intelligents. D'ailleurs, mon papy a inventé un jeu qui s'appelle « devine le corbeau ». On doit poser à quelqu'un dix questions dont la réponse est « oui » ou « non », pour découvrir à quel animal il pense. Si je voyais un corbeau arc-en-ciel, moi aussi, je penserais qu'il essaie de me faire comprendre quelque chose ou de m'apporter une réponse, ajoute-t-il en fouillant ses poches à la recherche de ses crayons.

Djibril s'interrompt et il me fixe à nouveau comme s'il essayait de lire en moi :

— Tu cherches des réponses, Nora ?

Je fronce les sourcils tout en fouillant mon cartable pour trouver ma pomme :

— Peut-être...

Djibril commence à griffonner des plumes. Ma main s'arrête sur le carnet corbeau que Mlle Omar m'a donné.

Je ne l'ai pas encore utilisé mais pendant que Djibril dessine le corbeau, je me mets à écrire sur la première page, en essayant d'être le plus sincère possible.

J'écris sur le renard et tous les animaux qui me sont apparus depuis. J'écris que j'aimerais bien avoir des réponses, savoir pourquoi ils apparaissent. J'écris que j'ai perdu mon vélo, qu'il a littéralement glissé entre mes doigts. J'écris sur Djibril et sa bizarrerie. Et puis j'écris sur Maman.

C'est difficile de dire la vérité à propos de Maman parce que je l'aime de tout mon cœur et je pense qu'il n'y a pas de meilleure personne qu'elle au monde. Mais il y a aussi ce nœud dans ma poitrine quand je pense à sa dépression et au fait qu'elle est encore au lit quand je rentre de l'école. Et écrire cela, c'est un peu comme la trahir.

Quand la cloche retentit pour signifier la fin de la pause déjeuner, je relis les dernières lignes que j'ai écrites et mon cœur se serre.

Là, sur la page, sont inscrits les mots les plus terribles que j'aie jamais pensés. Et la dernière ligne me donne envie de déchirer immédiatement la page et de la détruire pour que personne ne puisse jamais les lire.

— Tu viens, Nora ? me demande Djibril en écartant les branches de l'arbre pour que je puisse sortir.

Mon cœur bourdonne dans mes oreilles, je referme le carnet et je le fourre au fond de mon sac.

Tout au long de l'après-midi, je repense à ces terribles lignes et quand Djibril me ramène à la maison sur son vélo, j'ai encore du mal à penser à autre chose.

— Ça ne va pas ? me demande-t-il comme s'il pouvait une nouvelle fois lire dans mes pensées.

— Si, si.

Mais je ne dois pas être très convaincante parce que Djibril décide de faire un détour par le canal. Des cygnes immaculés glissent sur l'eau à l'endroit précis où mon vélo a coulé. Mais c'est chouette quand même de grimper sur les ponts avec Djibril. Quand on passe dans les tunnels, on crie nos noms en même temps : l'écho les fait tournoyer et nous les renvoie en un seul et même nom.

Au moment où on sort d'un tunnel, je lève la tête vers le ciel. La lumière du jour m'éblouit et je dois cligner des yeux pour deviner ce que j'aperçois et, soudain, je comprends puis je crie dans l'oreille de Djibril :

— Le corbeau arc-en-ciel est de retour !

Djibril freine si fort que nous manquons d'être projetés dans le canal. Il regarde autour de lui frénétiquement, comme s'il avait une chance de le voir lui aussi.

— Où ça ? Où ça ?

Je pointe le doigt vers l'endroit du ciel où le corbeau

tourne au-dessus de nos têtes. Sa silhouette multicolore scintille dans la lumière. Il est immense, avec son bec crochu, ses ailes déployées et son corps qui forme une ombre. Je cherche des yeux ses compagnons mais cette fois, il est seul et il me fixe avec ses yeux noirs.

Je chuchote :

— Il est beau.

— Tu penses qu'il est venu t'apporter des réponses ? me demande Djibril.

En entendant ces mots, le corbeau plonge vers nous et je dois m'écarter sur le côté pour éviter que son aile fantôme me fouette le visage. Il émet un croassement étrange qui se répercute en écho, exactement comme si on était dans un long tunnel, exactement comme lorsque le renard a jappé dans ma direction.

Et puis, d'un coup d'aile, il s'en va.

— Il est parti par là !

Je montre l'endroit à Djibril. Il essaie de tourner son vélo dans le bon sens mais je descends immédiatement et je me retourne vers le chemin de la maison.

— Je ne peux pas le suivre, dis-je anxieuse, en tripotant l'ourlet de mon pull. Maman pourrait s'inquiéter de ne pas me voir rentrer...

Je repense au visage de Maman, quand je suis revenue la dernière fois du canal, endolorie et égratignée. Après une brève hésitation, Djibril saute de son vélo et me tend le guidon.

— Je vais courir prévenir ta maman. Toi, tu suis le corbeau avec mon vélo.

— Mais... lui dis-je en ouvrant de grands yeux.

— C'est bon, me coupe-t-il en s'élançant sur le chemin, je te retrouverai, il y a une balise GPS sur mon vélo.

Djibril détale à la vitesse de la lumière. J'hésite un instant, partagée entre l'envie d'aller avec lui et celle de suivre l'oiseau. Mais je sens au fond de moi que le corbeau a attrapé quelque chose à l'intérieur de ma poitrine et qu'il l'emmène très loin dans son bec, sauf que moi, je veux le récupérer. Je veux des réponses. Je veux savoir pourquoi les animaux arc-en-ciel sont apparus. Je veux comprendre ce qu'ils essaient de me montrer.

Je veux savoir ce que je dois faire pour aider Maman à aller mieux.

Je grimpe sur le vélo de Djibril, qui est très différent du mien puisqu'il a moitié moins de vitesses et aucune suspension. Mais il démarre si rapidement quand je m'élance à la poursuite de l'oiseau que j'ai l'impression de décoller, comme si j'avais retrouvé mes ailes.

Je crie dans les tunnels et je pédale de toutes mes forces, si bien que j'ai vite fait de rattraper le corbeau. Il me tourne autour, jouant dans le vent, croassant sans fin, comme s'il me racontait une histoire.

On arrive maintenant à l'endroit où j'ai perdu mon vélo et, cette fois, je freine prudemment, sans me laisser distraire par le corbeau qui quitte la rive du canal pour voler entre les arbres.

Je ne peux pas le suivre, alors je descends et je pousse le vélo dans les hautes herbes qui me piquent les mollets et se prennent dans les rayons. Quand je rejoins le sentier, je remonte tant bien que mal sur le vélo et je suis le corbeau qui descend vers la ligne de chemin de fer, celle qui serpente dans la vallée.

Il y a une éternité que je ne suis pas montée dans un train. La dernière fois, je crois que c'était avant que Papa ne parte, j'en ai donc un souvenir flou et un peu étrange. Mais j'essaie quand même de me rappeler, tout en descendant jusqu'à la barrière en bois qui sépare le sentier des deux voies de chemin de fer. Il y a un panneau qui indique une volée de marches grâce auxquelles on peut descendre vers les voies, vers un passage qui permet de les traverser. Il y a les mêmes de l'autre côté. Le panneau indique qu'il s'agit d'un passage pour les piétons mais la barrière est couverte de tout un tas d'autres panneaux.

ATTENTION

UN TRAIN PEUT EN CACHER UN AUTRE

POUR VOTRE SÉCURITÉ
ASSUREZ-VOUS QU'AUCUN TRAIN
N'ARRIVE AVANT DE TRAVERSER

Le corbeau, posé sur la barrière, bat des ailes. Il croasse dans ma direction. Je descends du vélo, essoufflée, les cheveux humides de transpiration sous mon casque, et je reste là, à regarder le corbeau sautiller à droite et à gauche, comme s'il essayait de me faire comprendre quelque chose avec sa drôle de danse.

— Je ne te suis pas par là. C'est trop risqué.

Il m'adresse un croassement strident auquel je réponds énervée :

— Non. C'est trop dangereux. C'est hors de question.

Le corbeau me tourne le dos et je souffle avant de jeter le vélo de Djibril au sol pour aller m'asseoir sous un arbre, les bras croisés, en colère.

Je suis fâchée à cause du corbeau mais aussi à cause de tout le reste. Je voudrais le suivre pour obtenir des réponses mais j'ai promis à Maman que je ne me mettrais pas en danger. Et je suis aussi en colère contre Djibril qui m'a laissée seule et contre Maman parce que tout ça c'est à cause d'elle.

Je repense à mon carnet et je le sors du fond de mon cartable. Je ne lis pas les horribles mots que j'ai écrits à l'heure du déjeuner. J'ouvre une page vierge et je griffonne d'une manière un peu brouillonne.

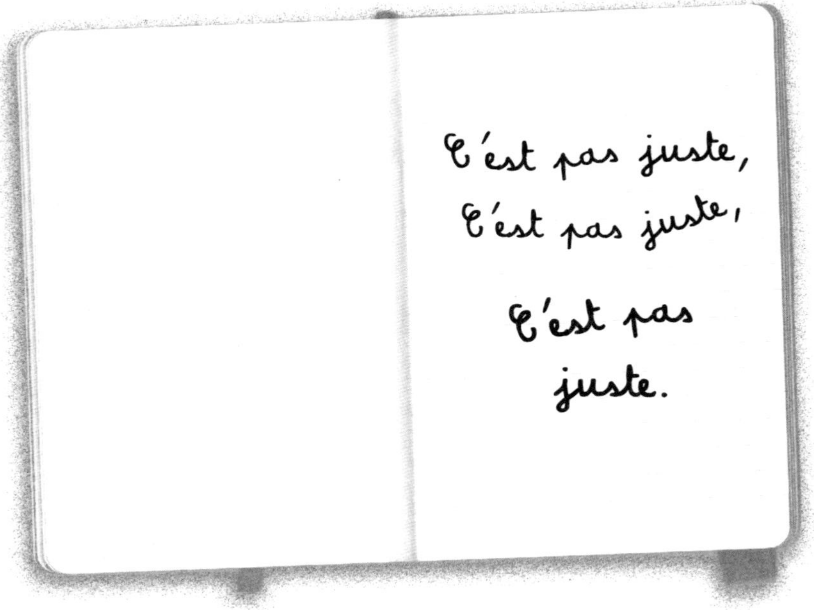

Ça fait autant de bien que si je donnais des coups ou que je détruisais quelque chose et, après l'avoir écrit cinq fois, je commence à me sentir plus calme. Un peu comme si j'avais retiré une épine de ma main.

Je l'écris encore quelques fois, et quand je relève la tête, je découvre le corbeau qui me regarde, perché sur mon cartable, la tête penchée sur un côté.

Vu de près, il a l'air encore plus énorme. Il a un long bec droit, dont la base est légèrement recouverte de plumes. Il ne tient pas en place, il sautille et remue sans me quitter des yeux.

Mais je n'ai pas peur de lui. Djibril pense qu'il ne me veut aucun mal et je crois que je suis d'accord avec lui.

Je tends la main vers lui. Le corbeau me regarde avec méfiance puis il s'accroupit un peu pour me présenter son dos. Je retiens ma respiration quand j'approche mes doigts du même froid que j'ai ressenti chez les autres animaux fantômes.

Je le caresse deux fois puis il se redresse et me regarde à nouveau, la tête penchée, comme pour me dire : « Ça va ? Tu es contente, maintenant ? »

Je souris en scrutant fébrilement le chemin, espérant y apercevoir Djibril, mais il n'est pas là. Je repense au jeu de son papy, « devine le corbeau ». Mais maintenant que je suis seule avec le corbeau, mes questions me semblent soudain bien trop lourdes pour oser les poser à voix haute.

Alors je lui demande plutôt s'il connaît le renard et le lièvre. Il croasse une nouvelle fois mais je ne parle toujours pas le corbeau, alors je sors un vieux trognon de pomme du fond de mon cartable et je l'agite devant lui :

— Le renard n'a pas mangé mes lasagnes. Est-ce que toi, tu peux manger quelque chose ?

Il essaie d'attraper le trognon entre son bec sans arriver à le saisir.

— Eh bien, on dirait que tu ne peux pas.

Le corbeau se perche à nouveau sur mon cartable et je remarque qu'il porte une bague à la patte, avec des numéros inscrits dessus.

— Alors tu appartenais à quelqu'un ?

Il croasse comme pour me dire qu'il est un animal sauvage et qu'il n'a jamais appartenu à personne. Mais la façon dont il se comporte avec moi me laisse penser qu'il doit avoir l'habitude des humains... En tout cas bien plus que le lièvre qu'un rien terrorisait.

Je m'éclaircis la voix :

— Pourquoi est-ce que tu m'es apparu ? Pourquoi maintenant ?

Il me fixe longuement puis il bat des ailes et s'envole dans le ciel avant de plonger vers la barrière, vers les voies ferrées.

Je me relève d'un bond.

Je tends les bras comme si j'avais une chance de l'attraper et de le retenir près de moi. Mais c'est un corbeau et même si j'ai très envie qu'il me réponde, je sais qu'il ne peut pas me parler.

Pourtant, j'entends une voix qui vient de l'endroit vers lequel le corbeau s'est envolé, alors je me dirige lentement vers la barrière et je regarde le passage qui traverse les voies. De l'autre côté, j'aperçois Nathan qui utilise un bâton presque aussi grand que lui pour frapper un arbre.

— C'est pas juste ! C'est pas juste ! crie-t-il en utilisant toute sa force pour frapper sans relâche l'énorme tronc de l'arbre dont les feuilles tremblent et s'agitent sous les coups.

Une vague de colère monte en moi parce que c'est cette brute de Nathan et que je ne l'aime pas. Mais il y a cette drôle d'impression qui tourbillonne à l'intérieur de moi parce qu'il utilise exactement les mêmes mots que je viens d'écrire dans mon carnet.

Nathan pousse un dernier hurlement avant de jeter le bâton en direction des rails. Le bout de bois rebondit sur les marches pour atterrir en plein milieu des voies.

Nathan l'observe un moment, le souffle court. Le bâton est tombé en travers des deux voies. Je m'apprête à crier à Nathan qu'il est stupide quand un énorme sifflement retentit, qui nous fait sursauter tous les deux.

Le train. Le train fonce à toute allure vers le bâton, coincé au milieu des voies. Le visage de Nathan pâlit instantanément puis le train débouche du virage, à une telle vitesse que les arbres autour de la voie s'agitent et dansent dans son sillon.

Je bondis vers la barrière en hurlant :

— Non !

Mais Nathan ne peut pas m'entendre dans le vacarme des wagons. Il descend quatre à quatre les marches qui mènent aux voies et s'approche de la dernière barrière qui le sépare de son bâton.

J'appuie de toutes mes forces sur la barrière et je crie le plus fort possible, plus fort que j'aie jamais crié :

— LAISSE-LE ! Les trains ne peuvent pas s'arrêter comme ça !

Je distingue un éclair de surprise, juste avant que le train fonce entre nous deux, réduisant le bâton en miettes.

19

Je m'arrache de la barrière, l'estomac retourné. Je me repasse la scène et je pense « non, non, non ».

Mon corps est raide, mon sang bouillonne sous le coup de l'adrénaline. Je me sens faible et presque liquide. Je ne sens plus mes jambes.

Nathan. Nathan allait traverser les voies. Il allait récupérer le bâton que le train lancé à pleine vitesse a réduit en miettes sous mes yeux. D'ailleurs, rien ne me dit qu'il ne l'a pas fait. J'ai brièvement aperçu son visage pâle avant que le train ne l'efface brutalement.

Tandis que je m'effondre sur le sol, je pense à Maman. À ce qu'elle ressent quand elle a une crise de panique. Et je me demande si c'est le même genre de panique qui me submerge en ce moment.

— J'aurais pu le récupérer, tu sais, s'exclame Nathan dans mon dos.

Je me redresse tant bien que mal, incapable de prononcer un mot. Il est vivant, et de mon côté des voies, agrippé à la barrière comme s'il craignait de tomber.

— Tu... Tu... (Je prends une grande inspiration et j'avale ma salive.) Tu aurais pu mourir !

Nathan m'observe d'un air surpris.

— Je voulais juste rendre service, tu sais. J'ai eu peur que le bâton fasse dérailler le train.

Il regarde par-dessus la barrière et je le rejoins, encore fébrile. Au milieu des voies, le bâton est explosé en mille morceaux.

Saisie par la colère, je bouscule Nathan :

— Ça va pas de te mettre en danger comme ça ?

— Hé ! me dit Nathan en reculant d'un pas, les poings serrés.

Mais la poussée d'adrénaline m'a épuisée et même si je suis encore en colère, j'entraîne Nathan vers mon cartable, sous l'arbre.

— Tu aurais pu être blessé, Nathan. Tes parents...

Le visage de Nathan s'assombrit et je me rappelle les deux personnes qui se disputaient devant le bureau de la directrice, et aussi les mots qu'il hurlait quand il frappait l'arbre.

Je baisse la tête.

— Je suis désolée...

— Tu ne sais rien de mes parents, me crie-t-il.

Il se penche vers mon cartable et l'attrape pour le renverser, vidant tout le contenu sur le sol.

— Hé !

J'essaie de le lui arracher des mains mais je le vois qui ramasse mon carnet et je me fige.

Il le remarque et retrouve le sourire.

Il l'ouvre à la page écrite à midi, sous l'arbre. La page avec les horribles mots. J'aimerais crier mais le son reste une nouvelle fois coincé dans ma gorge.

— « J'aimerais que Maman redevienne ma maman », lit Nathan d'une voix moqueuse. « J'aimerais ne plus avoir à me conduire comme une adulte en permanence. »

Mon sang bouillonne. Je devrais être en train de le frapper, de le mordre et de le griffer, comme un animal sauvage, parce qu'il ose prononcer ces mots. Mais c'est moi qui les ai écrits et un grand vide m'envahit quand je l'entends les énoncer à voix haute.

Nathan rit. Il tient le carnet bien haut, prêt à déclamer la page en entier, sauf que je sais quels mots arrivent ensuite. Je me souviens de ce que j'ai écrit. Cette abominable dernière ligne.

Soudain, j'entends un rugissement derrière moi et une ombre se jette sur Nathan et le projette au sol, éjectant le carnet de ses mains. Je me précipite pour le récupérer et le serrer contre ma poitrine, pendant que les deux silhouettes se bagarrent sur le sol.

Djibril.

— C'est mon amie ! Mon amie ! crie Djibril sans relâche.

Nathan essaie de se relever mais Djibril le plaque fermement au sol et ils se débattent comme ses frères dans le salon l'autre jour.

Au bout d'un moment, je sors de ma stupeur et j'attrape Djibril par le bras pour le relever. Et ce alors qu'il était clairement en train de gagner, ce qui m'impressionne pas mal.

Nathan se remet sur ses pieds, les oreilles écarlates :

— Tu vas me le payer, le maboul !

— Mon nom, c'est Djibril ! lui hurle Djibril, le visage couvert de poussière. Et tu le sais parfaitement, comme tu sais que tu n'es qu'une petite brute, Nathan !

— C'est elle, la brute ! crie Nathan en pointant son doigt vers moi. C'est elle qui m'a frappé dans la cour et qui a commencé à me parler du divorce de mes parents ! C'est elle qui... qui...

Et alors, il se passe quelque chose qui nous laisse sans voix, Djibril et moi.

Nathan éclate en sanglots.

Djibril me regarde, il ouvre de grands yeux.

Je réponds d'emblée :

— Je n'ai rien dit à propos de ses parents. J'ai juste voulu lui dire qu'ils seraient inquiets s'il se blessait...

— Eh bien, non, ils ne s'inquiéteraient pas du tout ! me dit Nathan, le visage tordu de douleur. Ils ne font pas attention à ce que je fais parce qu'ils sont trop occupés à se disputer, en permanence. Et maintenant, ils vont divorcer et c'est ma faute.

Il s'effondre sur le sol, la tête dans ses mains, en prononçant ces derniers mots, comme s'il venait de passer la ligne d'arrivée d'une très longue course.

Je regarde mes chaussures et commence à tirer sur mes pansements, puis Djibril s'approche de Nathan, s'assied à côté de lui et passe un bras autour de ses épaules. Je m'attends à voir Nathan le repousser et lui dire quelque chose de méchant mais au contraire, il se penche vers Djibril, les épaules secouées de sanglots.

Et soudain, je me sens vraiment nulle. Nulle d'avoir frappé le sac de Nathan dans la cour. Nulle de ne pas avoir compris qu'il est seulement en colère, effrayé et seul, et qu'il trouve que le monde est injuste. Exactement comme moi.

Je m'approche et m'assieds avec eux, nous formons un petit cercle.

Je lui dis calmement :

— Mes parents aussi sont divorcés.

— C'est vrai ? me demande Nathan en redressant la tête et en essuyant ses larmes.

Je fais oui de la tête.

— J'avais seulement cinq ans quand c'est arrivé mais je me souviens bien que je me suis sentie… en colère. Et seule.

Je regarde le ciel à la recherche d'ailes fantômes mais je ne vois que du bleu et quelques nuages joufflus qui glissent au-dessus de nos têtes comme si de rien n'était.

Nathan acquiesce tristement :

— Je voudrais juste que tout redevienne comme avant.

Je tiens toujours mon carnet contre moi et les mots que j'y ai écrits me brûlent comme des braises. *C'est pas juste.*

— Sauf que c'est impossible, lui dis-je dans un murmure.

Alors, j'entends un léger battement d'ailes et, quand je lève les yeux, je vois le corbeau, perché sur les branches au-dessus de nos têtes. Je déglutis.

— Ce qui t'arrive n'est pas juste mais tu n'as pas à l'affronter seul.

Je donnerais tout pour que Djibril ne soit pas en train de me regarder fixement.

Le corbeau croasse et volette vers le sol pour se poser au milieu du cercle. Il me regarde. J'aimerais tellement que Nathan et Djibril puissent voir le noir d'encre de ses plumes et l'éclat lumineux de son halo multicolore.

— C'est vrai, tu n'es pas tout seul, dit Djibril en donnant un petit coup de coude à Nathan. On est là, nous.

Nathan renifle et fait oui de la tête.

Le corbeau me regarde. Moi, je ferme les yeux bien fort et j'acquiesce aussi parce qu'il me semble que j'ai ma réponse maintenant. Je sais pourquoi les animaux arc-en-ciel sont apparus. Et pourquoi ils sont apparus maintenant.

Mais je ne sais pas encore si je suis assez courageuse pour l'accepter.

Djibril pousse délicatement son pied contre le mien, comme s'il me faisait un câlin de pied. Et quand j'ouvre les yeux, j'aperçois un éclat de plumes noires et multicolores qui disparaît dans les nuages.

20

Nathan remonte le sentier avec nous en silence. Puis, quand on arrive tout en haut de la piste cyclable, près de là où il habite, il fourre ses mains dans ses poches et tape du pied pour enlever la terre qui colle aux semelles de ses baskets.

— Merci pour tout, marmonne-t-il.

Mon estomac se tord quand je repense au train mais je hausse les épaules et j'ajoute :

— Merci de nous avoir dit, pour tes parents.

Il nous fait un signe d'au-revoir puis il se retourne pour rentrer chez lui, la tête baissée, les mains toujours dans les poches.

— Qu'est-ce qui s'est passé avant que j'arrive ? me demande Djibril en me tendant mon casque.

— Oh, pas grand-chose, dis-je. Maman ! Tu lui as parlé ? Elle va bien ?

Il retient sa respiration avant de me répondre :

— Il y avait un mot sur la porte...

Il me le tend mais je ne prends pas la peine de l'ouvrir parce que je sais déjà ce qui y est écrit.

On pédale en silence pendant un long moment, nos estomacs gargouillent bruyamment. On passe près d'un couple de pies qui jacassent dans un arbre et soudain je me rappelle la façon dont Djibril a pris ma défense quand Nathan lisait mon carnet et comment il l'a empêché de lire cette affreuse dernière ligne.

Je lui chuchote à l'oreille :

— Pourquoi est-ce que tu ne tiens pas tête à Nathan quand il t'embête, comme tu l'as fait pour moi tout à l'heure ? Tu te débrouilles bien, à la bagarre.

— Je n'aime pas me battre. Mais ça m'a vraiment énervé quand il s'en est pris à toi. Je crois que c'est ce qui m'a donné du courage.

Je lui réponds en souriant :

— Eh bien, peut-être qu'il faut que tu fasses preuve du même courage pour toi-même, de temps en temps.

Et pendant tout le reste du trajet, je sens bien que Djibril réfléchit à ce que je viens de lui dire.

— Tu as réussi à rattraper le corbeau ? me demande-t-il. Tu as trouvé tes réponses ?

Je lève les yeux au ciel.

— Je l'ai rattrapé mais il voulait que je traverse les voies de chemin de fer avec lui. C'était bien trop dangereux.

— Oh, me répond Djibril d'un air déçu. Mais pourquoi il voulait t'emmener là-bas ?

Je hausse les épaules :

— Dans un certain sens, tous les animaux arc-en-ciel m'ont guidée. Le renard m'a amenée jusqu'à toi et m'a montré que ce n'est pas idéal de rester tout le temps seule. Et le lièvre m'a fait comprendre qu'avec Maman...

J'hésite à continuer, je m'humidifie un peu les lèvres :

— Il m'a fait comprendre que, peut-être, je ne vais pas tout le temps si *bien* que ça.

Djibril continue à pédaler, lentement.

— Et le corbeau m'a conduite à ton grand-père et à Nathan, qui avaient tous les deux besoin d'aide...

— Oui mais il t'a aussi emmenée vers les voies ferrées, ajoute Djibril.

Je secoue la tête :

— C'est parce que c'était là que se trouvait Nathan...

Mais maintenant que je le dis, je n'en suis plus si sûre. Un souvenir lointain essaie de se frayer un passage dans mon esprit et me donne envie de serrer Djibril un peu plus fort contre moi.

On avance dans notre rue en silence avant de s'arrêter devant ma maison dont les rideaux sont soigneusement fermés.

— Tu veux venir chez moi ? me demande Djibril. Le vendredi soir, c'est barbecue.

Ça a l'air chouette mais je sens que ce sera trop d'agitation pour moi après ce qui s'est passé tout à l'heure.

— Non merci, Djibril. Peut-être une autre fois.

Je descends de son vélo et commence à m'éloigner mais il m'attire dans ses bras pour me faire un gros câlin. Les poignées du guidon de son vélo me rentrent dans les côtes.

— Je ne sais pas si je saurais me montrer courageux pour moi-même mais pour toi, Nora Lefroid, je n'aurai jamais la moindre hésitation, me murmure-t-il à l'oreille.

C'est une déclaration à la fois bizarre et adorable. Je gigote pour me détacher de lui et je lui adresse un petit signe de la main avant de retirer mon casque. J'attends qu'il ait disparu dans le virage pour ouvrir la porte d'entrée.

Je me surprends à espérer brièvement que Maman soit debout, en train de m'attendre et de préparer le dîner. Mais la maison est silencieuse et remplie de fantômes.

Le mot que Djibril m'a donné est froissé dans mon poing serré. Je l'ouvre délicatement.

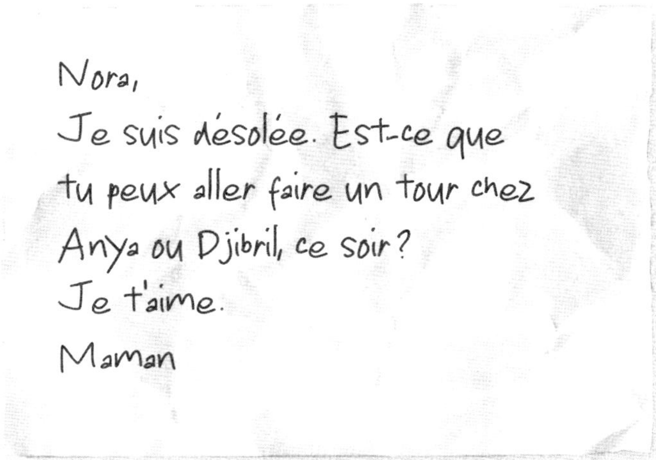

Nora,

Je suis désolée. Est-ce que tu peux aller faire un tour chez Anya ou Djibril, ce soir ?

Je t'aime.

Maman

Je grimpe l'escalier sur la pointe des pieds. Mon estomac se noue quand je repense à ce que le corbeau m'a appris aujourd'hui.

Que peut-être, il est temps d'essayer de faire preuve de courage pour moi-même et de laisser les autres m'aider, comme moi j'ai aidé le grand-père de Djibril ou Nathan.

J'appuie ma main sur la porte de la chambre de Maman et je murmure :

— Je suis désolée moi aussi.

QUATRIÈME PARTIE

La loutre

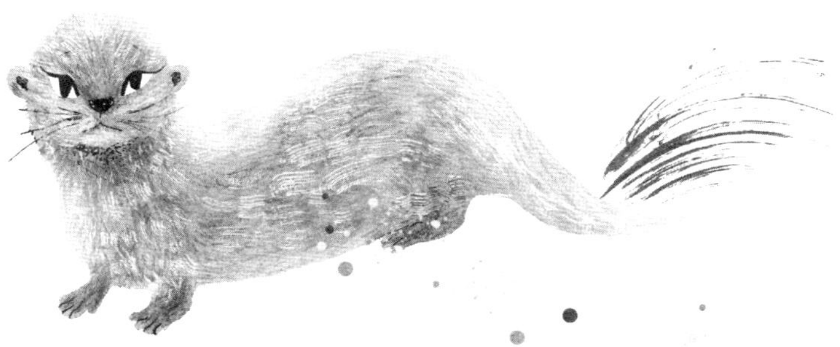

21

Je suis réveillée par une présence dans ma chambre et je pense immédiatement que le renard est de retour, avec ses pattes sur ma poitrine.

Je cligne des yeux pour apercevoir la silhouette arc-en-ciel qui essaie par tous les moyens d'attirer mon attention en bondissant sur moi et en sautillant partout dans ma chambre.

Après avoir mis mes lunettes, je découvre que la forme multicolore appartient au fantôme d'une loutre dont la fourrure est aussi luisante que si elle sortait à l'instant de l'eau. Je me redresse pour m'asseoir et la loutre me montre ses dents comme si elle se réjouissait de me voir enfin réveillée. Je secoue la tête pour réveiller mon cerveau encore embrumé et quand j'ouvre à nouveau les yeux, la loutre a cédé la place à une forme qui pourrait être le fantôme d'un ours géant, penché au-dessus de mon lit. Je sursaute mais je ne remarque pas de couleurs scintillantes, juste un ventre rond et une moustache.

— Ben, dis-je en me frottant les yeux et en cherchant la loutre du regard, qu'est-ce que tu fais là ?

— Salut, ma puce, murmure Ben. Ta maman m'a envoyé un message pour me demander de venir la voir. Elle m'a dit que tu as un ami qui habite un peu plus bas dans la rue... Djibril, c'est ça ?

J'acquiesce mais je ne réalise pas vraiment ce qu'il est en train de me dire.

— Eh bien, qu'est-ce que tu dirais d'aller passer la journée et la nuit chez lui ?

Je me penche vers mon radio-réveil.

— Mais il n'est que 6 heures.

Ben se relève.

— C'est déjà arrangé. Je les ai appelés, ils se lèvent tôt avec le bébé de toute façon. Tu es prête à t'habiller ?

Je fais oui de la tête et Ben sort de ma chambre. J'enfile ma salopette en tremblant et je mets mon tee-shirt à l'envers. Ben n'est jamais venu dans ma chambre comme ça, ce qui veut dire que quelque chose ne va pas. Je ne sais pas trop ce que je dois emporter, alors je prends mon cartable, même si on est samedi. Il y a toujours mon carnet à l'intérieur, qui renferme les horribles mots que j'ai écrits.

Je sors sur la pointe des pieds et je trouve Ben dans l'entrebâillement de la porte de la chambre de Maman, il lui dit quelque chose à voix basse.

Je l'interpelle tout doucement et il me sourit en refermant la porte.

Je continue de murmurer :

— Elle va bien ?

— Elle va bien, me répond-il en posant ses grandes mains sur mes épaules. Je crois qu'elle a seulement besoin d'être un peu tranquille aujourd'hui, si ça ne te dérange pas ? Elle préfère que tu sois chez un ami. Je sais que c'est ce qu'elle te demande dans les petits mots qu'elle te laisse sur la porte.

J'acquiesce mais je me sens un peu coupable. Est-ce que Maman sait que j'ignore systématiquement cette partie de ses messages ? Je préfère toujours rester, au cas où je pourrais lui venir en aide, même si j'aurais quand même bien aimé aller chez Djibril hier soir, pour le barbecue.

Ben m'entraîne dans l'escalier.

— Je peux lui dire au revoir ?

— Et si tu lui disais plutôt bonjour demain ? Qu'est-ce que tu en dis ?

Demain me paraît bien loin vu qu'aujourd'hui a à peine commencé. Mais Ben reste avec moi pendant que j'enfile lentement mes chaussures et ma veste, puis nous sortons dans la lumière orangée de l'aube qui annonce une nouvelle journée.

Nous descendons la rue et je me retourne pour regarder la maison.

— Est-ce que tu aurais le numéro de téléphone de ton père, Nora ?

Je cligne des paupières, surprise. Personne ne m'a jamais posé cette question.

— Il n'a pas de téléphone à lui. Il m'appelle quand il peut, de chez quelqu'un.

— Et tes grands-parents, ou des oncles et tantes ? Ta maman ne m'a jamais parlé de votre famille...

Je réfléchis un moment et je revois la silhouette en arrière-plan sur les photos de l'autre jour. Et puis, il y a ce souvenir tenace mais flou dans un coin de ma mémoire. Un peu comme s'il était noyé au fond du canal avec mon vélo. Je finis par secouer la tête.

— Il n'y a que Maman et moi. On n'a besoin de personne d'autre...

Mais maintenant, ces mots que je répète pourtant depuis si longtemps sonnent bizarrement.

Je me retourne pour regarder une dernière fois ma maison qui est désormais minuscule.

Quand on arrive devant chez Djibril, il est déjà à la fenêtre, en train de nous guetter. Il porte un pyjama tigré dont on a oublié de couper l'étiquette. Je m'arrête et je tire sur la manche de Ben. Je lève les yeux vers son regard fatigué et ses cheveux en bataille. J'ai envie de lui demander si tout va bien. Je veux qu'il me dise que tout va *bien*.

Mais au lieu de ça, il se penche vers moi et me prend dans ses bras.

— Je suis là pour toi et ta maman, quelles que soient les circonstances. Ne l'oublie pas, d'accord ?

Il se redresse et j'acquiesce.

— Tu retournes avec elle ?

— Oui. Je m'occupe de tout maintenant, ma puce. Toi, tu t'amuses avec Djibril, OK ? Ta maman… ça va aller. Essaie de ne pas t'inquiéter.

Djibril m'attend sur le pas de la porte, pieds nus.

Je me retourne vers Ben mais il est déjà en train de monter la rue pour rejoindre Maman. Djibril s'avance et me prend mon cartable.

— Rentre, me dit-il. Papa fait des pancakes.

Je me débarrasse comme je peux de la sensation désagréable qui me serre l'estomac quand je pense à Maman, et je le suis à l'intérieur.

Le petit déjeuner chez Djibril ne ressemble pas du tout à ceux chez moi, même les Bons Jours. La radio posée sur le bord de la fenêtre diffuse de la musique et le père de Djibril se balance en rythme tout en chantant faux. Louis se tortille dans sa chaise haute tandis que Léo et Paul se battent en duel avec leurs fourchettes.

— Nora ! s'exclame le père de Djibril en me voyant. Quelle joie de t'avoir avec nous. Qu'est-ce que tu veux mettre sur tes pancakes ?

Il arrache les épées-fourchettes des mains de Léo et Paul, et les pose sur la table.

Je réponds timidement :

— Oh… euh… ce que vous voulez.

— Prends de la pâte à tartiner ! crie Paul.

— Non, du beurre de cacahuètes et de la confiture ! lui répond Léo en braillant.

— Moi, je mets du miel, dit Djibril en s'asseyant à côté

de moi au moment où son père dépose une énorme pile de pancakes moelleux sur la table.

— Du miel, c'est une bonne idée, merci.

Djibril en dépose une cuillère sur mon assiette.

— Très bon choix! approuve son père qui danse à nouveau sur la musique.

Les pancakes sont bons. Le miel doux et sucré apaise un peu mon cœur serré mais je suis quand même contente quand Djibril m'attrape le bras pour me faire lever, en me disant:

— Viens voir ma chambre.

Je le suis en trébuchant.

— Et nos assiettes?

— Papa les débarrassera, me répond Djibril en haussant les épaules.

Je me sens mal à l'aise de les laisser là, alors je remercie son père et je grimpe l'escalier derrière Djibril, manquant de foncer dans sa mère qui sort de la salle de bains, les cheveux enroulés dans une serviette.

— Bonjour Nora, me dit-elle au moment où Djibril me tire dans sa chambre.

La chambre de Djibril est différente de la mienne. Elle est remplie à ras bord, si bien qu'on voit à peine le sol. Ce qui prend le plus de place, c'est le lit superposé, en haut duquel je devine un garçon endormi. Sur le lit du bas, il y a une couette tigrée.

Je chuchote à Djibril, qui bondit sur le matelas du bas.

— Il y a quelqu'un, dans le lit du haut?

— C'est mon grand frère, Issa. Le samedi, il dort presque toute la journée. Mais on peut faire du bruit. Un jour, Paul a littéralement sauté sur lui pendant cinq minutes... ça ne l'a pas réveillé.

Ça me fait rigoler. Djibril sort son carnet et étale ses dessins du renard, du lièvre et du corbeau.

Il y en a tellement qu'ils recouvrent entièrement le lit.

— C'est super que tu sois venue parce que je voulais te voir aujourd'hui, me dit-il d'un ton joyeux. J'ai beaucoup pensé à ce que tu as dit à propos du corbeau qui voulait t'attirer sur la voie de chemin de fer.

Je soupire en m'asseyant, le dos appuyé contre le mur.

— C'est trop dangereux d'aller sur les voies, Djibril.

— À pied, bien sûr ! Mais pas si on est dans un train, me dit-il en levant un doigt en l'air.

— Mais où est-ce qu'on va trouver un train ?

Il se penche vers le bureau, à côté du lit, jette un œil à son frère pour vérifier qu'il est bien endormi et sort un ordinateur portable du tiroir. Il est recouvert d'étiquettes qui indiquent « NE PAS TOUCHER. JE PARLE POUR TOI, DJIBRIL ».

— On va trouver un train là où tout le monde trouve des trains...

Il tape quelque chose sur le clavier de l'ordinateur puis tourne l'écran vers moi.

— À la gare!

Il me montre un écran bleu et blanc avec un dessin de train. Dans la case « départ », il tape le nom de la gare de notre ville, celle qui est dans le centre et où je ne suis pas allée depuis une éternité. Mais la case « destination » reste vide.

Ma poitrine se serre. De sous le lit émerge la silhouette d'une loutre qui pose une patte sur le matelas, sa tête penchée sur le côté.

Mon cœur s'emballe. Je murmure:

— On n'est pas sûrs que le corbeau voulait qu'on monte dans un train.

— Je sais mais... Qu'est-ce que tu en penses, toi, Nora? Tu crois qu'on doit prendre un train pour aller quelque part? me demande Djibril en me dévisageant.

Je voudrais faire non de la tête mais à ce moment-là, la loutre grimpe sur mes genoux, alors j'acquiesce.

Je baisse les yeux. La loutre me regarde avec ses grands yeux, aux aguets. On dirait qu'elle voit précisément ce recoin de ma mémoire où se trouve le souvenir d'un train que j'ai quasiment oublié. Et je sais avec certitude ce qu'elle attend de nous.

— Je ne sais pas du tout où on doit aller, dis-je en chuchotant.

— Tu veux parler de la case « destination » ? me demande Djibril en se retournant vers l'écran. Ça n'a pas d'importance. On va prendre un billet pour un endroit qui a l'air intéressant et quand on aura dépassé les portiques, on suivra les animaux arc-en-ciel dans le train qu'ils choisiront.

La loutre tourne sur elle-même comme si elle pensait que c'était une idée de génie.

Mais c'est une très mauvaise idée. Ça pourrait être dangereux. Et est-ce qu'on a le droit de prendre le train tout seuls ? On n'a que dix ans.

Djibril m'observe et me prend la main.

— Tu m'as dit que je devais être courageux pour moi-même, Nora. C'est justement ce que je fais en ce moment. Peut-être que toi aussi, tu devrais être courageuse pour toi-même.

Je regarde les dessins du renard, du lièvre et du corbeau, étalés sur le lit de Djibril. Je voudrais lui dire que j'ai peur et que je n'ai pas envie. Mais, au fond de moi, je sais que c'est ce que je dois faire, même si j'ignore pourquoi.

Je dois juste trouver le courage.

Je fais un petit signe de tête à Djibril et ses fossettes se creusent pour dessiner un grand sourire. La loutre s'élance avec excitation vers la porte.

22

La première partie du plan de Djibril implique qu'on échappe à la surveillance de nos parents pour toute la journée. Ça ne pose finalement pas de difficultés, vu que Maman pense que je suis chez Djibril et que Djibril dit à sa mère que nous allons passer la journée avec son grand-père. Et que ça n'a pas l'air de la déranger.

— Emporte-lui à manger pour le déjeuner, dit-elle à Djibril en lui tendant un Tupperware de pommes de terre au curry, tandis que Louis gazouille dans son oreille et que Léo et Paul se battent à ses pieds.

On ose à peine respirer en enfilant nos chaussures et nos vestes. J'essaie d'avoir l'air le plus innocent possible au moment où on passe la porte mais personne ne nous prête la moindre attention.

Je demande à Djibril :

— Tu penses qu'on va se faire prendre ?

— Quand on a autant de frères que moi, c'est facile de disparaître, me répond-il en riant.

Pendant que nous grimpons la colline, je remarque l'imprimé camouflage de son pantalon.

— Tu disparais souvent, non ? Sous l'arbre à l'école, dans la caravane de ton grand-père…

— Peut-être bien, me répond-il timidement.

J'attrape l'autre poignée du guidon de son vélo et j'aide Djibril à le pousser dans la côte.

— Moi, je te vois, Djibril.

Il sourit et se redresse un peu.

Je regarde la porte rouge de ma maison quand nous passons devant puis je m'assieds sur le muret en face de chez moi pendant que Djibril nous prépare des sandwichs au fromage avec des cornichons. C'est amusant parce que, quand on regarde ma maison de l'extérieur, on dirait que rien n'a changé. Mais moi, je remarque que tous les rideaux sont fermés, que la voiture de Ben est garée devant et que tout y est incroyablement calme... Comme si elle était dans l'œil d'un cyclone.

Djibril arrive comme une flèche dans mon dos et agite une boîte de métal à mon oreille, ce qui me fait sursauter.

— Mes économies ! me dit-il. Je les garde dans la caravane de Papy, pour que Paul ne puisse pas me les voler.

Les pièces font un bruit de ferraille dans la boîte, on dirait qu'il y en a beaucoup.

— Mais tu ne les gardais pas pour acheter quelque chose en particulier ?

— Non, pas vraiment, me répond-il en regardant ses chaussures. Ce qu'on fait est plus important.

Je n'en suis pas si sûre mais Djibril fourre la boîte dans mon cartable et nous grimpons sur son vélo avant de jeter un dernier coup d'œil à ma maison et à celle de son papy. Puis nous démarrons.

Je sens mon estomac qui se retourne, un peu comme quand je pédale sur les pavés.

— Tu penses que notre plan va fonctionner, Djibril ?

— On ne peut pas savoir tant qu'on n'a pas essayé, non ?

J'acquiesce et je m'agrippe bien fort à lui.

Je ne sais pas trop comment aller à la gare depuis chez moi. Je sais qu'elle est en plein centre-ville mais je n'y vais qu'en voiture. Djibril a l'air de savoir où il va, il prend le chemin du canal. C'est agréable de s'y promener de nouveau. Le soleil brille aujourd'hui et se reflète sur les eaux du canal dont la surface ressemble à une multitude de diamants noirs. Les abeilles sont de sortie, elles volent de fleur en fleur, ivres de nectar. Tout respire la légèreté autour de nous et je sens que mon estomac se dénoue.

Quand on arrive à la berge escarpée où le corbeau s'est envolé hier, Djibril ne s'arrête pas, il continue à pédaler. Je ne suis jamais allée aussi loin. Je scrute le fond de l'eau à la recherche de mon vélo, mais il ne s'y trouve pas, pas plus que d'autres fantômes, d'ailleurs.

Comme s'il pouvait lire dans mes pensées, Djibril me demande :

— Toujours rien ?

Je fais non de la tête dans son dos.

Le sentier rétrécit encore et nous devons descendre du vélo pour marcher l'un derrière l'autre pendant un moment. Ça permet aussi à Djibril de se reposer un peu. On passe sous un pont et le chemin s'élargit à nouveau jusqu'à rejoindre la piste cyclable. Cette fois, c'est moi qui pédale et Djibril monte sur le porte-bagages. J'ai du mal à avancer, pourtant Djibril m'aide en nous poussant avec ses pieds. Ça me fait rire, ce qui n'aide pas à aller plus vite.

— C'est super dur !

— Tu veux que je pédale ?

— Non, je vais y arriver.

Une fois qu'on commence vraiment à prendre de la vitesse, ça devient plus facile. Mais je sens bien que Djibril trouve qu'on va doucement et je me dis que je devrais probablement m'excuser pour m'être moquée de lui toutes les fois où il m'a emmenée sur son vélo.

Un éclat d'arc-en-ciel accroche mon regard, droit devant nous, et je manque de nous faire tomber dans le canal.

— Nora ! crie Djibril alors que j'arrête le vélo.

— Loutre arc-en-ciel !

Je la pointe du doigt, sur l'autre rive, où elle bondit joyeusement.

— Mais bien sûr, une « aventure de loutre » ! s'exclame Djibril en riant.

Je lève les yeux au ciel.

— Encore un jeu de ton grand-père ?

Djibril secoue la tête.

— C'est notre aventure à nous, Nora Lefroid.

Il fouille dans son sac, à la recherche de son carnet.

— Qu'est-ce qu'elle est en train de faire ?

La loutre plonge dans le canal sans provoquer la moindre éclaboussure.

— Elle nage, dis-je en la pointant du doigt. Par là.

Djibril pousse un cri de joie :

— Alors c'est par là qu'on va !

J'essaie de démarrer rapidement mais avec mon cœur qui bat la chamade et ma respiration saccadée, c'est difficile.

— Laisse-moi faire, me dit Djibril.

— Je peux y arriver, lui dis-je en soufflant.

— Je sais bien que tu en es capable mais…

À ces mots, je pousse un rugissement et j'appuie de toutes mes forces sur les pédales pour nous faire avancer, obligeant Djibril à bien se tenir.

La loutre nage vite et elle ne se retourne pas pour vérifier qu'on la suit. Dans les eaux troubles du canal, on ne la distingue que grâce à ses couleurs arc-en-ciel. À un moment, nous devons passer sur un pont au-dessus de l'eau, et je crains de l'avoir perdue de vue mais d'un coup, elle apparaît à côté des roues de notre vélo, elle court. Sa fourrure brille au soleil.

J'éclate de rire, j'aimerais tellement que Djibril puisse la voir.

Comme il ne peut pas, je lui décris ses moustaches, ses pattes palmées et sa longue queue pointue. Djibril essaie tant bien que mal de la dessiner d'un trait tremblant, appuyé sur mon dos.

Le chemin s'élargit encore, il est bordé d'un bar qui s'appelle « La Navigation », avec des bancs et des tables dehors, et même une famille qui est en plein brunch. Bizarrement, ça me fait penser à Papa et à Ben qui m'a posé des questions sur lui ce matin. Avec tout ça, je ne remarque pas tout de suite que la loutre s'est soudain figée en plein milieu du chemin. Elle observe une péniche, amarrée.

Je perds l'équilibre et mets un pied à terre, ce qui nous fait déraper dans les orties qui bordent le chemin.

— Aïe ! s'écrie Djibril quand un bout de sa cheville non couvert par ses chaussettes tigrées entre en contact avec la plante urticante.

— Désolée. La loutre s'est arrêtée.

Djibril descend de vélo pour frictionner sa cheville. Sur la péniche, un chien aboie comme un fou. Il est tout petit, avec le museau écrasé, et semble agité comme s'il avait été témoin d'un terrible accident. Je jette un œil à la loutre qui est allée se cacher dans les hautes herbes, à côté du bateau. Pourtant, je ne pense pas que le chien puisse la voir.

Je laisse tomber le vélo dans l'herbe et je m'approche du chien. La péniche est verte, avec des fleurs peintes sur le côté et le nom *L'Aventurier* écrit entre deux hublots dorés, garnis de rideaux. En me voyant approcher, le chien appuie ses pattes avant sur le rebord et s'arrête d'aboyer pour essayer de lécher la main que je lui tends.

— Tu es tout chaud, pas comme les fantômes ! lui dis-je en riant.

— On devrait y aller, propose Djibril qui s'est bizarrement placé derrière moi.

Mais la porte de la péniche s'ouvre et je reconnais une voix familière :

— Mais qu'est-ce qui se passe ici ?

Et c'est ma maîtresse, Mlle Omar, qui s'avance sur le ponton.

Je fais un pas en arrière tandis que Djibril en fait un en avant.

— Nora ? dit-elle en nous regardant, Djibril et moi. Qu'est-ce que tu fais là ? Tu as un problème ?

Je repense au carnet qu'elle m'a donné, caché dans mon sac.

— Non, pas du tout. On fait juste une balade à vélo.

— On va à la g... Aïe ! s'exclame Djibril quand je lui écrase les orteils.

Mlle Omar s'approche de nous et nous dévisage. Le chien bondit autour d'elle.

— C'est bon, Goupil, dit-elle en le caressant derrière les oreilles. C'est Nora, mon élève, pas un voleur.

— Goupil ? Vous habitez ici, mademoiselle Omar ?

Je jette un œil en direction de la loutre qui regarde le chien avec flegme, avant de se laisser glisser dans l'eau.

Mlle Omar sourit.

Elle tient une tasse de thé contre sa poitrine. Elle a l'air différente, avec sa tenue bleu marine. Ça change des vêtements multicolores qu'elle porte habituellement en classe.

— Ça dépend, dit-elle. Parfois, je déplace le bateau pour avoir une autre vue.

J'en reste bouche bée.

Je n'avais jamais imaginé que quelqu'un puisse vivre sur un bateau, encore moins ma professeure.

— C'est quel genre de chien, Goupil ? demande Djibril.

— Un carlin. Mais c'est encore un chiot, alors il est surexcité quand il rencontre de nouvelles personnes.

Goupil le carlin me fait la fête, ses petites griffes claquent sur le bois du pont. Je tends la main vers lui et caresse son pelage court. La façon dont sa peau se plisse sur le dos, comme un bébé dodu, et son museau tout plat, me donnent envie de rire.

Bizarrement, Djibril persiste à se tenir juste derrière moi.

Mlle Omar sourit à nouveau.

— Comment vas-tu, Nora ? Est-ce que tu utilises le carnet que je t'ai donné ? J'aimerais bien lire ce que tu as écrit, à l'occasion. Si tu es d'accord, bien sûr.

J'arrête immédiatement de caresser Goupil et je regarde mes pieds. Je me sens rougir à la seule pensée de cette horrible ligne que j'ai écrite, celle que Nathan a failli lire à haute voix.

— On ne peut pas rester, on doit...

— On est des aventuriers, comme votre bateau ! s'exclame Djibril dans mon dos.

Mlle Omar nous adresse un sourire chaleureux.

— Eh bien, je ne vais pas vous mettre plus en retard. Mais essayez de ne pas vous aventurer trop loin, on attend un orage.

Nous levons tous les trois les yeux : le soleil du matin brille dans le ciel bleu traversé de quelques nuages.

— J'étais contente de te voir Nora, et toi aussi, Djibril. Passez me dire bonjour la prochaine fois que vous êtes dans le coin.

Je lui réponds que j'étais contente de la voir moi aussi et je la regarde disparaître à l'intérieur de la cabine avec Goupil.

Je me retourne vers Djibril qui est en train de dessiner un orage sur son carnet puis je lève à nouveau les yeux vers le ciel bleu éclatant. Je demande nerveusement :

— Tu crois qu'on devrait faire demi-tour ?

La loutre pousse un cri qui semble venu d'une autre planète, elle bondit hors de l'eau et saute par-dessus notre vélo, visiblement inquiète.

Djibril referme son carnet et récupère son vélo dans les orties.

— Mon papy dit toujours que le mauvais temps n'existe pas, c'est juste un problème de vêtements. Mais on a pris nos vestes, pas vrai ?

Il relève sa capuche camouflage sur sa tête mais son sourire s'évanouit quand il voit que je regarde le chemin qui mène à la maison.

— Si tu n'es pas sûre, Nora, on n'est pas obligés de continuer. On peut rentrer, si tu préfères.

D'un côté, j'ai envie de rentrer à la maison, où je me sens en sécurité. Mais quelque chose à l'intérieur de moi me pousse à continuer à avancer, et ce quelque chose ressemble à une petite loutre multicolore qui tire sur mes chaussettes avec ses dents. Alors je finis par répondre :

— Non. En avant pour notre « aventure de loutre » !

Djibril sourit, attache son casque et grimpe sur sa selle avant que j'aie le temps de protester. Ensemble, nous nous élançons à la poursuite de la loutre.

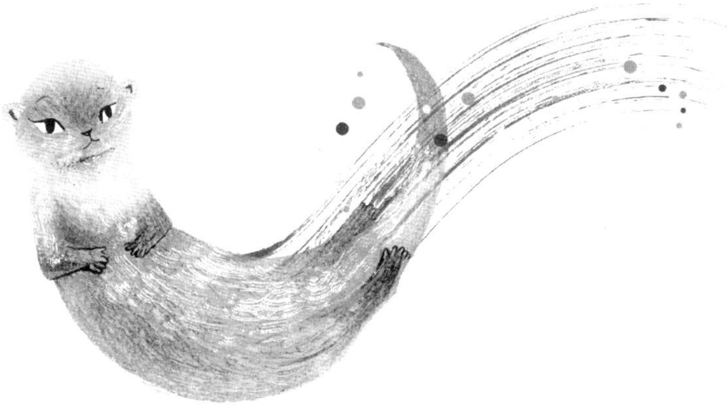

23

Après ce qui me semble une matinée entière passée à pédaler le long du canal et à esquiver les joggeurs ainsi que les familles avec poussette, la loutre finit par sauter hors de l'eau et commence à gravir une côte escarpée pour grimper sur un pont. Nous descendons de vélo et le poussons, chacun d'un côté, tout en regardant autour de nous.

Nous sommes dans une petite rue, derrière un grand bâtiment en briques. La loutre bondit à côté d'un parking à vélos qui est déjà bien rempli.

— Je crois que la loutre veut qu'on laisse le vélo ici, dis-je à Djibril en riant.

Djibril a l'air tout excité mais il reste prudent quand il pousse son vélo pour traverser la rue.

— Tu crois que les animaux deviennent plus intelligents une fois qu'ils sont morts ?

Djibril attache son vélo et nos casques. La confusion se lit sur mon visage parce que je n'avais jamais réalisé que les animaux fantômes étaient morts. Mon cœur s'emballe un peu. Nous buvons chacun une gorgée d'eau de la gourde que Djibril a préparée avec les sandwichs.

Je regarde autour de nous.

— Tu sais où on est ?

— Je crois, me répond Djibril en plissant les yeux. C'est par là.

Cette fois, la loutre nous suit et c'est Djibril qui ouvre la voie. Nous empruntons une rue bondée, remplie de personnes qui marchent les yeux baissés sur leur téléphone tout en réussissant à s'éviter les unes les autres. Je regarde les boutiques et les restaurants autour de moi et aussi la grande roue au loin, qui dépasse au-dessus du toit d'un grand magasin.

— On est dans le centre, Djibril ?

— Ouais, crie Djibril par-dessus les bruits de la rue, fossettes creusées.

Je n'arrive pas à croire qu'on a pédalé aussi loin. Maman et moi ne sommes pas venues dans le centre depuis une éternité. Pas depuis sa dépression. Et je ne sais pas trop pourquoi mais, maintenant que je suis là, il y a trop de monde, trop de lumières et de trains qui ronronnent. Ma respiration s'accélère, comme si je ressentais les symptômes de Maman à sa place.

Je cherche des yeux la loutre qui se faufile aisément entre les jambes des passants. Aucun d'entre eux ne s'arrête ou ne la remarque. Moi, par contre, je ne suis pas aussi douée qu'elle pour éviter les passants et je rentre dans une dame qui porte des talons hauts. Elle me dispute sans même me regarder :

— Fais attention !

— Désolée.

Quand je lui réponds, le cliquetis de ses talons sur le sol est déjà loin. Djibril la suit sous l'entrée voûtée de la gare.

Le plafond est très haut. Les bruits de pas et les annonces radio résonnent dans le hall, rebondissant autour du panneau d'affichage qui clignote, tout au centre. L'endroit me semble familier mais il est bien plus grand et bien plus bruyant que dans mes souvenirs. Je m'accroche au bras de Djibril pendant qu'il fouille dans mon cartable, à la recherche de sa boîte de monnaie.

— Ça va, Djibril ?

— Bien sûr ! me répond-il en souriant. C'est excitant, non ? J'adore les trains. Tu crois qu'on verra un train à vapeur ? Ou bien il n'y a plus que des trains modernes ? Je vais peut-être demander en achetant les billets.

Djibril est incroyablement courageux, alors je fais de mon mieux pour l'être, moi aussi. J'essaie de lui rendre son sourire mais je sens qu'il fond sur mon visage. Djibril me conduit vers une file d'attente, délimitée par un ruban noir. Je cherche des yeux les couleurs arc-en-ciel de la loutre. Je serre le bras de mon ami un peu plus fort, inquiète, et je lui dis :

— Je ne la vois plus.

Djibril arrête de compter sa monnaie pour chercher avec moi mais, de toute façon, il ne pourrait pas la voir. Il y a vraiment beaucoup de bruit et il me semble que les gens nous observent. Peut-être qu'ils se demandent où sont nos parents. Je commence à me dire que ce serait peut-être mieux de demander à Djibril si on peut rentrer à la maison finalement, quand j'aperçois un bruissement multicolore qui se glisse sous une des portes qui mènent aux quais.

— Hé !

Je lâche la main de Djibril et je me faufile sous le ruban noir. Je bouscule une personne aux cheveux rouge vif qui tire une valise et je cours vers les portes, sauf que je les heurte de plein fouet parce qu'elles ne s'ouvrent pas. Je les pousse de toutes mes forces mais elles ne bougent pas d'un millimètre.

— Il faut un ticket, me dit la personne avec la valise, d'un air pincé.

Je me mets sur le côté pour laisser passer les gens, cherchant du regard la loutre, mais je ne la vois pas sur le quai.

Je me sens perdue et bien trop loin de Maman. Et puis Djibril pose sa main sur mon épaule.

— Tu as oublié ton billet, me dit-il. Apparemment, il n'y a plus de train à vapeur. Je nous ai juste pris un billet pour la station suivante. On y va ?

Je ne peux pas parler, alors je m'agrippe à la main de Djibril et je le suis vers les portes. Je le regarde scanner son billet et la porte s'ouvre, comme par magie, pour le laisser passer.

Maintenant que je l'ai vu faire, il me semble que c'est un geste familier. Je le suis donc.

— Quel train on prend ? me demande Djibril, comme si je devais le savoir.

On est emportés par la foule qui nous pousse vers un énorme train. Tout autour de nous, les gens déferlent sur le quai, cherchant le numéro de leur voiture et les comptant, quand retentit le sifflet du chef de gare.

Djibril me regarde.

— C'est le bon train ? me hurle-t-il par-dessus le vacarme.

Le contrôleur souffle à nouveau dans son sifflet et les derniers retardataires se dépêchent de grimper dans le train. Je pense à Maman qui est à la maison. Je me demande ce que je dois faire.

La destination du train clignote sur l'écran d'affichage, sur le côté du train : Beaurivage. Et soudain, j'aperçois une tache multicolore, à la fenêtre de la première voiture. C'est la loutre, avec ses pattes humides appuyées contre la vitre. Et je vois qu'elle pousse des cris, pour nous dire de nous presser !

Je crie :

« LOUTRE ! »

La porte émet un signal sonore et commence déjà à se fermer.

Je tire rapidement Djibril par le bras pour qu'on grimpe la marche ensemble et la porte du wagon se ferme pile derrière nous.

Mon cœur bourdonne dans mes oreilles quand nous tombons tous les deux à genoux, le souffle court. Une petite fille, dans une poussette, nous observe. Le train démarre dans un bruit sourd et étrange, et il commence à avancer.

Djibril m'aide à me relever.

Il regarde autour de nous puis observe son billet et me demande :

— Tu sais où se trouve Beaurivage ?

Le nom me dit quelque chose, je ne sais pas trop pourquoi mais je fais non de la tête. Alors Djibril tapote le bras de la dame qui tient la poussette.

— Excusez-moi, vous pouvez me dire où nous allons, s'il vous plaît ?

La dame n'a pas l'air de comprendre la question mais la petite fille dans la poussette éclate de rire en tapant des mains :

— On va à la mer !

24

J'ai la nausée, ça tangue dans mon estomac et j'ai des vertiges. Djibril s'en aperçoit, il m'aide à me tenir debout mais je l'écarte pour retrouver mes esprits, seule.

Je lui siffle :

— On ne peut pas aller à la mer, c'est bien trop loin.

Pour la première fois depuis qu'on a quitté la maison, Djibril a l'air inquiet, lui aussi.

— C'est trop tard. On ne peut plus descendre du train. Essayons plutôt de retrouver la loutre, ensuite on réfléchira à un nouveau plan.

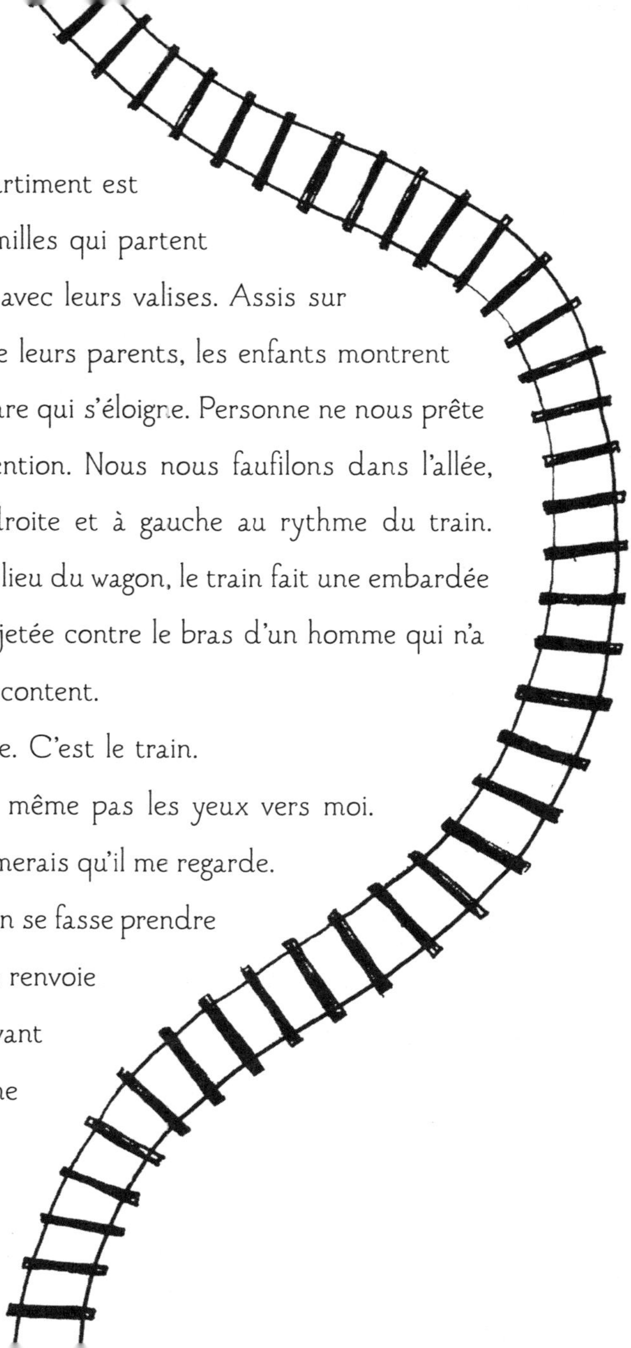

Le compartiment est rempli de familles qui partent en week-end avec leurs valises. Assis sur les genoux de leurs parents, les enfants montrent du doigt la gare qui s'éloigne. Personne ne nous prête vraiment attention. Nous nous faufilons dans l'allée, balancés à droite et à gauche au rythme du train. Arrivés au milieu du wagon, le train fait une embardée et je suis projetée contre le bras d'un homme qui n'a pas l'air très content.

— Désolée. C'est le train.

Il ne lève même pas les yeux vers moi. Pourtant, j'aimerais qu'il me regarde. J'aimerais qu'on se fasse prendre et qu'on nous renvoie à la maison avant que Maman ne s'aperçoive qu'on a disparu. J'avance tant bien que mal jusqu'aux portes et j'appuie sur le bouton pour les ouvrir.

Dans la plateforme entre les compartiments, le bruit est assourdissant. J'entends les roues du train qui claquent sur les rails et je vois la ville qui défile par la fenêtre.

Devant moi, Djibril appuie sur le bouton du compartiment suivant et le bruit s'évanouit quand on y pénètre.

Ce compartiment est moins rempli, il n'y a que quelques personnes assises, qui écoutent de la musique dans leurs écouteurs ou qui pianotent sur leur clavier d'ordinateur. Je balaie le wagon du regard, à la recherche de la loutre. Et je l'aperçois, tout au fond, là où il n'y a personne. Elle est roulée en boule sur un siège, sa queue touffue posée sur ses longues griffes.

Je ressens immédiatement un immense soulagement :

— Là !

Je n'ai qu'une envie, me jeter dans le siège à côté d'elle, parce qu'en la retrouvant, j'ai l'impression que c'est aussi moi que je retrouve. C'est vraiment agréable de la voir si tranquille alors qu'elle était tellement impatiente, presque désespérée, quand elle voulait que je la suive. Comme s'il y avait urgence. La voir calme, ça m'apaise, moi aussi.

Je m'assieds en face d'elle, comme ça Djibril a la fenêtre et moi, je peux la surveiller. Il sort son carnet et tourne les pages jusqu'à celle où se trouve son dessin au trait tremblant :

— Je n'ai jamais vu de loutre en vrai, et toi ? Je veux dire, avant aujourd'hui. J'ai un peu oublié à quoi elles ressemblaient.

— Il me semble que j'en ai vu une, une fois. Mais je ne me rappelle plus où...

Les longues moustaches de la loutre frétillent quand elle s'étire puis enroule sa queue sous son menton pointu.

— Elle fait quoi ? me demande Djibril.

— Elle dort, c'est tout, lui dis-je en chuchotant. Peut-être qu'elle est fatiguée.

Moi aussi, je suis fatiguée, mais soudain le train siffle, ce qui nous fait sursauter tous les deux. Par la fenêtre, nous apercevons une pente abrupte, avec des marches familières qui mènent à une barrière en bois.

— Au moins, on sait qu'on a pris la bonne direction, me dit Djibril avec un sourire timide.

Je me mords la lèvre tandis qu'il prend une grande inspiration et sort de son sac les sandwichs qu'il a préparés ce matin.

— La mer ne doit pas être si loin que ça, dit-il. Papy allait souvent y passer la nuit, avec sa caravane, juste pour apercevoir les navires au loin. On verra bien où la loutre nous emmène, on vivra notre aventure et on grimpera dans le train afin d'être à l'heure pour le goûter.

On dirait qu'il essaie de se convaincre. Je ne peux pas m'empêcher de penser à Maman et à son inquiétude après avoir remarqué ma disparition le jour où j'ai perdu mon vélo. Bon, de toute façon, elle pense que je passe la journée chez Djibril. Et puis, Ben dit qu'elle a besoin d'espace.

Djibril engloutit son sandwich et projette des tonnes de miettes sur moi quand il me demande :

— Tu es déjà allée à la mer ?

J'acquiesce :

— Je crois, oui... avec ma maman... et mon papa.

Il ne cherche pas à me répondre, comme s'il m'offrait une page blanche à remplir. Je soupire et je lui raconte.

— Je ne me souviens pas très bien, ça remonte à longtemps parce que je n'ai pas revu mon père depuis que mes parents ont divorcé. Mais je sais qu'il portait une bague en or avec la lettre « D » gravée dessus. Parce qu'il s'appelle David. Je me rappelle qu'on était tous les trois sur un bateau et que la mer nous balançait à droite à gauche.

Le train me balance lui aussi à droite à gauche et j'ai presque l'impression d'être de nouveau sur le bateau. J'entends les mouettes qui crient, je devine l'odeur des beignets et je sens les grains de sable entre mes orteils.

— Je me souviens que c'était un bateau à moteur et que les vagues giflaient la coque. Le vent rabattait mes cheveux sur mon visage et je sentais leur goût salé dans ma bouche. Mais ce dont je me rappelle le plus, ce sont les cris.

— Comme les parents de Nathan ? me demande Djibril, suspendu à mon récit.

— Je crois. Maman criait parce que Papa allait trop vite et Papa riait, la tête en arrière. Il prenait de plus en plus de vitesse, le bateau rebondissait sur les vagues qu'il fendait, nous projetant dans tous les sens. C'était excitant mais aussi douloureux, surtout quand mes os tapaient contre la coque. Mon père est un aventurier et il voulait nous faire participer mais ça allait trop vite et c'était trop dangereux. Maman s'est levée et a essayé d'éteindre le moteur puis une énorme vague a surgi, comme une baleine, et Maman est passée par-dessus bord.

— C'est pas vrai ? s'écrie Djibril, les yeux écarquillés.

— Je me suis mise à crier tandis que Papa aidait Maman à remonter sur le bateau. Maman n'a plus ouvert la bouche de toute la journée. En fait, je ne me souviens pas qu'elle ait prononcé un seul mot avant le moment où elle s'est assise sur mon lit auprès de moi pour me dire que Papa allait déménager.

Djibril essaie de me prendre la main, alors je la retire, en faisant comme si je n'avais rien remarqué.

— Mais au final, ça va. Papa a trouvé le boulot de ses rêves, il sauve des tigres. Et Maman et moi, on va *très bien*...

Je laisse ma phrase en suspens parce que ces mots ne sonnent plus juste. Plus depuis que les animaux arc-en-ciel m'ont ouvert les yeux. Et puis, j'ai l'impression qu'il y a autre chose mais c'est flou et je n'arrive pas à me rappeler.

Djibril commence à me raconter toutes les fois où il est allé à la plage avec sa famille mais en regardant la loutre dormir, je me rappelle à quel point je suis fatiguée moi aussi et je ferme les yeux. Et sans doute que je somnole un petit peu parce que je sursaute quand une voix forte me réveille.

— Billets, s'il vous plaît !

Djibril m'attrape le bras. Il ouvre de grands yeux. Une dame, les cheveux tirés en arrière en un parfait chignon et vêtue d'un uniforme de la même couleur que les sièges, remonte l'allée dans notre direction pour vérifier les titres de transport.

— On n'a pas les bons billets, me souffle Djibril. On va se faire prendre.

Mon estomac se serre. Je regarde la loutre avec sa fourrure humide, elle est désormais bien réveillée et prête à bondir.

— Viens, dis-je à Djibril en le tirant par le bras.

La loutre nous suit jusqu'à la porte du compartiment. J'appuie sur le bouton et nous nous retrouvons à nouveau noyés dans un bruit assourdissant.

— Qu'est-ce qu'on fait? crie Djibril par-dessus le bruit du train. On ne peut pas la semer.

La loutre semble glacée et terrorisée. Elle s'appuie sur ses pattes avant, tournant la tête à la recherche d'une cachette qui pourrait abriter une loutre et deux enfants. Elle est aussi terrifiée que moi, j'ai l'impression de me regarder dans un miroir.

Soudain, j'entends un cliquetis et une dame ouvre une porte juste à côté de nous. Elle semble presque aussi surprise que nous.

— Oh désolée, ma petite. Ça fait longtemps que tu attends ? me demande-t-elle.

Ses lunettes glissent de son nez et son sac à main se balance vers moi. Elle me tient la porte et regarde bizarrement Djibril qui reste près de moi. À l'intérieur, il y a une mauvaise odeur et le sol est couvert de rouleaux de papier toilette.

— Billets, s'il vous plaît ! s'écrie la contrôleuse derrière la vitre du compartiment.

— Merci ! dis-je à la dame en contournant son sac à main et en tirant Djibril à l'intérieur des toilettes où la loutre nous accompagne.

Au moment où nous verrouillons la porte, nous entendons la contrôleuse demander son billet à la dame.

Je pousse un soupir de soulagement tandis que Djibril a un haut-le-cœur.

— Ça sent affreusement mauvais !

Je lui fais signe de se taire mais il a raison. La loutre se pose dans le seul petit coin qui ne soit pas couvert de papier toilette et de ce que j'espère être de l'eau, ses pattes collées le long du corps. Elle n'a pas l'air ravie d'être coincée là avec nous. Je lève les yeux au ciel.

— Tu n'avais pas besoin de te cacher avec nous. Elle ne risquait pas de te voir.

Djibril commence à rire et, je ne sais pas si c'est parce que les toilettes sont vraiment minuscules, qu'on tangue dans tous les sens ou que l'odeur est horrible mais je commence à rire, moi aussi, en me couvrant la bouche avec la main.

— Il ne faut pas faire de bruit, elle pourrait nous entendre, dis-je en chuchotant.

On tend l'oreille pour écouter si la contrôleuse est toujours de l'autre côté de la porte, mais il y a beaucoup de bruit dans cette partie du train et nous ne distinguons que le son des voix, pas ce qu'elles disent. Djibril profite de la situation pour se laver les mains et moi, j'observe nos visages dans le miroir craquelé. On est aussi pâles l'un que l'autre.

— Tu crois qu'on est coincés dans ces toilettes jusqu'à la fin du voyage ? me demande-t-il en se séchant les mains.

La loutre n'a pas l'air d'apprécier cette possibilité et elle pousse une sorte d'aboiement aigu et fâché. Heureusement, le train commence à ralentir et une voix retentit dans le haut-parleur : « Nous entrons en gare de Beaurivage. Beaurivage, terminus de ce train. Tous les passagers sont invités à descendre de voiture. Assurez-vous que vous n'avez rien oublié dans le train. »

Djibril s'agrippe à moi, les yeux brillants d'excitation :

— On est arrivés ! La mer !

Le train s'arrête et j'entrebâille la porte des toilettes pour vérifier que la voie est libre. Puis nous descendons rapidement du train. Sur le quai, nous poussons des cris de joie. Le vent dans les cheveux et le sourire aux lèvres, nous nous précipitons dans l'escalier pour suivre la foule vers la sortie.

La météo est différente ici. Le ciel n'est plus bleu mais gris violacé. Il y a un vent frais et un peu d'électricité dans l'air, comme quand on se tient tout au bout du plongeoir, prêt à sauter dans l'eau.

Djibril lève les yeux vers le ciel.

— Peut-être que Mlle Omar avait raison. On dirait bien qu'il va y avoir un orage, en fin de compte.

Mais quand on arrive en bas de l'escalier, on se retrouve face à quelque chose de bien plus préoccupant. Devant nous se dressent des portes automatiques, exactement comme celles que nous avons dû franchir pour accéder au train.

Djibril fait un pas en arrière.

— Nos billets n'ouvriront pas ces portes-là.

La loutre continue à avancer, se faufilant entre les valises et les chaussures.

— Allez ! dis-je à Djibril en le tirant vers un groupe de personnes toutes vêtues du même tee-shirt violet, qui chantent à tue-tête.

Une fois au milieu du groupe, il nous faut jouer des coudes, et Djibril et moi sommes séparés. L'agent qui surveille les portes éclate de rire et appuie sur un bouton pour ouvrir le portique handicapé qui est bien plus large. Autour de nous, le groupe pousse des cris de joie et Djibril et moi sommes entraînés vers la sortie, soulagés.

Je le retrouve de l'autre côté, il se tient bien droit et son visage rayonne de joie :

— On a réussi !

Il a soudain l'air plus grand. Je lui donne un petit coup de coude quand je vois la loutre qui file droit devant nous et disparaît dans une volée d'escaliers qui me semble étrangement familière.

— On y va !

Nous traversons le parvis de la gare en courant et nous nous précipitons dans les escaliers qui bordent des maisons et des boutiques de pêche, le long d'une descente qui paraît sans fin. La loutre se balance dans les marches, on dirait qu'elle danse. Et moi aussi, j'ai envie de danser parce qu'on a réussi à atteindre la mer sans encombre et que j'ai l'étrange sensation de rentrer à la maison.

Quand on arrive enfin en bas des marches, on attend que le feu piéton soit vert pour traverser une rue encombrée et on contourne un grillage surmonté de barbelés pour atteindre le chantier naval où des bateaux en tout genre sont posés sur des sortes d'échafaudages.

La loutre se faufile sous les échafaudages et Djibril et moi devons baisser la tête pour la suivre sous la coque d'énormes yachts ou de bateaux de pêche, jusqu'à ce que le béton au sol laisse abruptement place aux eaux troubles et grises de la mer qui s'étendent du port à une petite île au large.

L'odeur de poisson et de sel me rappelle quelque chose. La loutre se retourne une fois pour me regarder puis elle plonge dans l'eau en laissant un long ruban multicolore derrière elle.

— Elle est partie !

Je cours vers le bord, où les vagues s'écrasent. Nous regardons tous les deux vers le fond et Djibril pointe du doigt un petit poisson qui nage dans les eaux peu profondes.

J'observe au loin, là où la mer se déchaîne, comme si elle était en ébullition. Le vent semble bien plus puissant au large et les nuages sont aussi plus sombres, noyant la petite île, en face du port, dans une ombre noire et menaçante. Au moment où je lève mon bras pour pointer du doigt l'écume blanche que laissent les vagues sur les rochers, j'ai la sensation qu'un souvenir palpite dans ma mémoire.

— Je crois qu'elle veut qu'on la suive jusque là-bas.

Djibril lève à nouveau les yeux vers le ciel qui s'assombrit.

— Tu en es sûre ?

Je fais oui de la tête.

Djibril prend alors une grande inspiration, bombant le torse comme un gorille.

— Si tu le dis, Nora Lefroid.

Il me désigne le bout d'une jetée en bois dont les planches semblent pourries.

— Regarde !

Je remarque un petit bateau à moteur qui danse sur les vagues. Il ressemble beaucoup à celui de mon souvenir, quand j'étais en mer avec Maman et Papa, il y a bien longtemps.

Il est peint du même rouge que celui de notre porte d'entrée et sur le côté, on peut lire son nom.

— *L'Aventurier*, s'écrie Djibril, comme le bateau de Mlle Omar !

On dirait bien que c'est un signe mais j'hésite encore un peu. Djibril, lui, saute dans le bateau.

— Ce ne serait pas du vol, de prendre un bateau ?

Djibril repousse les cordes enroulées sur le siège.

— On va le rendre !

Ça me fait bizarre de voir Djibril faire preuve de tant de courage quand je me sens si peu sûre de moi. Au-dessus de nos têtes, les nuages se sont encore assombris et le ciel commence à gronder.

Je fourre mes mains dans mes poches et je lui demande en chuchotant :

— Pourquoi tu me pousses à faire ça, Djibril ?

Il ouvre de grands yeux :

— Je ne te pousse pas à faire quoi que ce soit ! C'est toi qui nous as conduits jusqu'ici...

Je l'interromps d'un ton sec tandis que le vent souffle et se déchaîne :

— Mais non, pas du tout !

Djibril grimpe sur la jetée tant bien que mal et se redresse devant moi.

— Tu as dit que tu devais monter dans un train, alors...

— Non ! lui dis-je en serrant les poings. Le corbeau arc-en-ciel m'a montré la ligne de chemin de fer. Et la loutre nous a montré le chemin jusqu'à la gare.

Une goutte de pluie s'écrase sur le front de Djibril, il l'essuie rapidement.

— Nora, soupire-t-il avant de s'interrompre. Parfois, tu me fais vraiment penser à mon papy.

Je ne m'attendais pas du tout à ce qu'il me dise une chose pareille. Je recule d'un pas.

— Comment ça ?

— Lui aussi, il a vraiment du mal à demander de l'aide. Mais c'est pas grave, Nora. Écoute, on est venus jusqu'ici. Je n'ai jamais été aussi courageux qu'aujourd'hui et ça, c'est grâce à toi. Maintenant, il nous reste une dernière chose à faire, une dernière chose qui nous demande du courage.

Il fait demi-tour, saute à nouveau dans le bateau et me tend la main.

— Allez, Nora, fais preuve de courage pour toi-même !

Ses mots sifflent dans mes oreilles. J'ai envie de lui crier que je n'ai rien à voir avec son grand-père et que je n'ai absolument pas besoin d'aide. Mais quelque part, au large, le ciel gronde et le museau fantôme d'une loutre me fixe au milieu des vagues qui grossissent.

Djibril a raison. Je suis venue jusqu'ici. Maintenant, je dois regarder la vérité en face.

Je prends une grande inspiration et saute dans le bateau sans me tenir à la main de Djibril. Je m'assieds à l'avant.

— Tu sais comment on...

Mes mots sont balayés par le bruit du moteur qui démarre quand Djibril l'actionne en tirant sur le cordon.

— Tu es prête? me hurle-t-il.

Je regarde vers l'horizon. Je ne me sens pas prête du tout mais quand je baisse les yeux, j'aperçois les reflets multicolores de la fourrure de la loutre sous les vagues. Elle nage droit vers l'île.

Je sais au fond de moi que cette île est importante, même si je ne me souviens pas pourquoi. Et même si je ne me sens ni très sûre de moi ni très courageuse, j'ai Djibril avec moi. Et avec un ami comme lui à mes côtés, peut-être que je vais enfin réussir à me montrer à la hauteur pour rendre Maman fière de moi.

Je crie par-dessus le bruit du moteur :

— En avant !

Djibril jette la corde qui nous rattachait à la terre ferme.

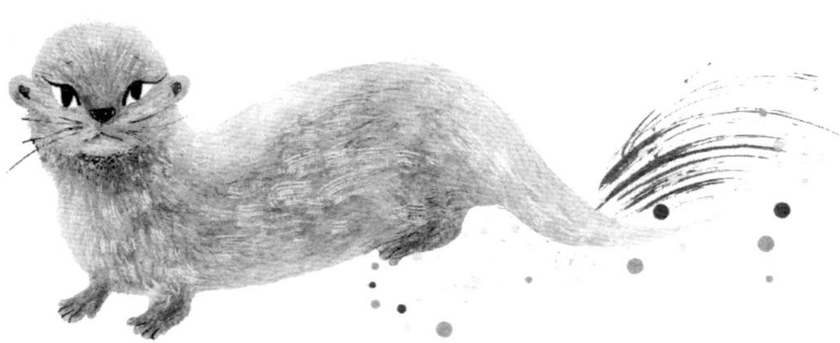

25

Le petit bateau n'a aucun mal à fendre les vaguelettes de l'intérieur du port. Mais une fois qu'on dépasse la digue, les vagues deviennent de plus en plus grosses, au point qu'on se retrouve secoués de haut en bas, comme si on était sur le dos d'un énorme monstre marin.

Je m'accroche tellement fort aux bords du bateau que mes mains sont toutes bleues. Le froid transperce mes vêtements, je serre les dents et me retourne pour jeter un œil à Djibril qui a l'air aussi frigorifié et désemparé que moi.

Avec le rugissement des vagues et du moteur, je dois crier pour qu'il m'entende :

— Peut-être qu'on devrait faire demi-tour ?

Mais Djibril tient fermement le gouvernail :

— Ce n'est pas si loin, il faut juste tenir bon !

Tenir bon... C'est plus facile à dire qu'à faire, entre les éclairs de film d'horreur qui déchirent le ciel et le tonnerre qui gronde comme une sorcière des mers qui s'éveillerait d'un long sommeil. Avec l'écume des vagues et la pluie qui s'intensifie, les verres de mes lunettes sont trempés et je vois flou. Nous sommes ballottés à gauche et à droite mais j'arrive quand même à tendre le cou pour essayer d'apercevoir la loutre. Je ne distingue rien d'autre que les vagues et des algues.

Nous sommes déjà loin du port, des longues plages de galets et des hôtels pris dans la brume qui paraissent soudain bien sinistres. C'est comme si nous laissions derrière nous nos derniers repères rassurants pour nous jeter dans l'inconnu. Je vois bien dans les yeux de Djibril qu'il est terrifié, lui aussi.

Un immense éclair illumine le ciel, immédiatement suivi d'un grondement, ce qui veut dire que l'orage est maintenant juste au-dessus de nos têtes.

Je crie dans le vent :

— Il ne faut pas nous mettre en danger !

L'île est maintenant assez proche pour que nous puissions voir les vagues se jeter sur les rochers. Nous devinons aussi un autre bateau, amarré à la jetée, ballotté par les vagues. Ces mêmes vagues nous projettent dans tous les sens, comme si nous étions dans le tambour d'une machine à laver, au point que le moteur peine à nous faire avancer. J'en suis à espérer qu'il y ait des gilets de sauvetage sous nos sièges quand je remarque un scintillement multicolore qui danse dans les vagues devant nous.

J'essuie mes lunettes et je plisse les yeux pour voir à travers les gouttes. Je crois distinguer un rocher arc-en-ciel, avec des yeux qui nous fixe.

Une vague d'espoir me traverse et je crie à Djibril :

— Loutre arc-en-ciel !

Djibril a l'air glacé et effrayé alors je me rapproche de lui et je place ma main sur la sienne. J'appuie pour accélérer au maximum et pousser le moteur à franchir une vague géante.

La loutre plonge et réapparaît à côté du bateau. Elle zigzague autour de nous, comme pour nous aider à nous frayer un chemin entre les vagues. J'aperçois encore un éclat de moustache et de poils avant qu'elle disparaisse à nouveau sous l'eau.

Je lance :

— On va y arriver !

Nous approchons de la jetée et les vagues sont si fortes qu'elles nous projettent directement contre le ponton.

Je trébuche à l'avant du bateau et Djibril coupe le moteur. On n'entend plus que la mer qui gronde et la pluie qui s'écrase sur les rochers. Je ne vois plus rien, alors je retire mes lunettes et je me penche à l'aveuglette vers la jetée, tâtonnant pour trouver une corde à laquelle attacher notre embarcation. Quand j'en trouve une, je la lance à Djibril et nous nous précipitons tous les deux sur le ponton, à bout de souffle.

Je me retourne et je distingue la côte, à au moins deux kilomètres de nous, avec ses lumières qui scintillent comme des étoiles dans la brume.

J'aide Djibril à se redresser et je lui crie :

— Viens ! Il faut qu'on se mette à l'abri !

Nous nous mettons debout tant bien que mal et je remets mes lunettes même si les verres sont couverts de gouttes. À mes pieds, je distingue quand même la lueur multicolore de la loutre qui nous tourne autour, visiblement ravie.

C'est le bon endroit, je le sais. On a réussi. Je devrais être folle de joie mais je me sens surtout frigorifiée et terrifiée. Nous grimpons un sentier escarpé qui monte vers une haute maison, cachée dans les buissons et les arbres. Tout autour de la maison, il y a des cages énormes et des cabanes, et derrière les barreaux, on devine des yeux jaunes qui nous observent tandis que nous gravissons les marches qui mènent à l'énorme porte d'entrée rouge.

Il me semble un instant que je connais cette porte, avant de réaliser que c'est sans doute parce qu'elle a la même couleur que celle de notre maison. Mais j'ai quand même un instant d'hésitation avant de frapper.

— Allez ! On gèle ! me dit Djibril tremblotant et chassant la pluie de son visage.

Je lui réponds tout bas :

— Et si... Et si tout changeait, après ça ?

La loutre arc-en-ciel m'observe et je sais qu'elle ressent ma peur.

Je vois aussi dans le regard de Djibril qu'il se pose mille questions mais à peine bafouille-t-il quelques mots que la porte s'ouvre brusquement. Là, une vieille dame apparaît et nous dévisage. Elle tient une mouette unijambiste dans les bras. Elle a l'air très, très fâchée.

— Mais qu'est-ce qui vous est passé par la tête, bon sang?!

Pile au moment où elle parle, un coup de tonnerre retentit, ce qui nous fait sursauter, Djibril et moi.

Je fais un pas en arrière pour mieux distinguer la silhouette floue de cette femme vêtue d'une robe en patchwork et dont les cheveux gris sont enroulés à la va-vite sur le haut de la tête. Aussitôt, elle se penche vers moi et m'attrape par la salopette pour m'attirer avec Djibril à l'intérieur de la maison.

Il y fait chaud et mes lunettes se couvrent immédiatement de buée. Je ne vois plus rien, je constate que mes chaussures sont trempées et je sens dans la maison une odeur à la fois âpre et sucrée. Djibril essaie de s'excuser mais il tremble si fort qu'on ne comprend rien à ce qu'il dit.

Alors, la vieille dame pousse un grand soupir.

— Bonté divine... Non ! Ne bougez pas ! Restez où vous êtes !

Elle nous aboie dessus comme si on était des animaux domestiques, alors on reste bien sagement sur le tapis tandis qu'elle disparaît avec la mouette. Je retire mes lunettes et je les essuie avec mon tee-shirt avant de les remettre sur mon nez. Il reste un brouillard humide mais je distingue Djibril à côté de moi, une goutte de pluie coule de son nez.

Je lui chuchote :

— Ça va ?

Il acquiesce en frissonnant et essaie de retirer ses chaussures tout en restant bien sur le tapis.

— Mais non, ne t'inquiète pas pour tes chaussures ! Venez tous les deux ! Allez !

La vieille dame nous parle toujours comme à des animaux mais nous la suivons et quittons la large entrée pour nous retrouver dans une grande cuisine bien éclairée.

Sauf que ce n'est pas une cuisine. Enfin pas vraiment.

Dans un coin, il y a un frigo sur lequel est perchée une chouette qui nous regarde avec ses grands yeux, la tête penchée sur le côté. Sur le plan de travail, qui fait le tour de la pièce, un énorme serpent ondule en direction de la corbeille de fruits. Et dans un autre coin, un écureuil – enfin je crois – dort dans la panière d'un chien.

— S'introduire dans une propriété privée ! Et pendant une tempête, en plus !

La vieille dame pose la mouette unijambiste à côté du grille-pain et remplit la bouilloire au robinet. Dans l'évier, un énorme crapaud se prélasse.

— C'est dangereux ! Et très impoli ! Je suis bien gentille, de ne pas vous laisser vous débrouiller tout seuls !

Heureusement, elle n'en fait rien. Elle se dirige vers un placard qui semble rempli de nourriture pour animaux et y prend deux serviettes qu'elle nous jette dessus, manquant de faire tomber Djibril.

— Jamais de toute ma vie... râle-t-elle.

La bouilloire siffle, ce qui fait hululer la chouette sur le frigo et soudain le perroquet, que je n'avais pas remarqué – il est perché sur la porte – se met à miauler comme un chat.

La dame nous verse du thé dans deux grandes tasses, en secouant la tête. Des mèches argentées s'échappent de son drôle de chignon. Maintenant que j'y vois enfin mieux, je réalise que le patchwork de sa robe est composé d'un assemblage d'autres vêtements. Je distingue même une brassière de bébé tout entière sous son aisselle gauche.

Je marmonne un « désolée » mais elle ne semble pas m'écouter. J'essore mes cheveux dans la serviette et je remarque que Djibril a l'air terrifié :

— Tu es sûre qu'on est au bon endroit ? me chuchote-t-il en jetant des coups d'œil méfiants aux animaux qui nous entourent.

Je ne suis pas sûre de comprendre ce qu'il veut dire. Il n'y a plus d'animaux arc-en-ciel pour me montrer la voie. Les animaux qui se trouvent ici sont bien vivants, à l'exception des poussins dans le frigo, que la vieille dame donne à la chouette en guise de repas, avant de sortir un énorme et magnifique gâteau.

— Eh bien, asseyez-vous ! nous aboie-t-elle.

Nous regardons tous les deux en direction de la table avec dans notre champ de vision un énorme terrarium avec une tout aussi énorme araignée à l'intérieur. Djibril n'a pas l'air sûr de vouloir s'en approcher alors je me lance et il me suit.

Je ne sais pas trop comment mais la dame réussit à porter à la fois le gâteau, le thé et la mouette. Elle marmonne quelque chose à chaque animal croisé sur son passage et dépose tout ce qu'elle portait sur la table, avant de s'asseoir.

— Alors, dit-elle en sortant un énorme couteau de sa poche et en commençant à couper le gâteau, puis-je vous demander ce que vous faites sur mon île ?

Je regarde Djibril en espérant un peu d'aide de sa part mais il semble hypnotisé par l'araignée.

Plutôt que de répondre à la vieille dame qui est en train de découper deux énormes parts de gâteau à la crème, je lui demande :

— Pourquoi vous avez autant d'animaux chez vous ?

— Ce sont tous des animaux errants ou abandonnés, me répond-elle en agitant la main, comme s'il était tout à fait normal de donner du gâteau à la mouette posée sur ses genoux. Certains sont blessés, d'autres se sont perdus. Il y en a qui ont été domestiqués alors que ce sont des animaux sauvages. Quand un animal a besoin d'aide, tout le monde sait que la vieille Jeanne saura s'en occuper.

Sur ses genoux, la mouette pousse un cri. J'observe son énorme bec et ses petits yeux méchants et je questionne la dame à nouveau :

— Même les mouettes ?

Elle souffle et prend une bouchée du morceau de gâteau qu'elle vient de donner à la mouette :

— Tous les animaux méritent qu'on leur vienne en aide, surtout ceux qui, pour une raison ou une autre, sont moins aimés des humains.

Dans son coin, l'écureuil se réveille et traverse la cuisine pour grimper sur mon bras. Ses toutes petites griffes s'accrochent dans mes cheveux mouillés.

Je me tourne vers Djibril qui semble horrifié. En même temps, c'est sûr que c'est un peu étrange de trouver tous ces animaux dans la cuisine d'une maison isolée sur une île. Mais bizarrement, je m'y sens plutôt à l'aise, un peu comme à la maison. Je demande, à propos de l'écureuil :

— Il s'appelle comment ?

Jeanne souffle :

— C'est un animal sauvage. Les animaux sauvages n'ont pas de nom.

L'écureuil n'a pourtant pas l'air très sauvage. Il fouille dans mes cheveux avant de redescendre le long de mon bras pour se diriger vers Djibril qui bondit en arrière et commence à s'agiter frénétiquement.

— Qu'est-ce qui se passe, Djibril ?

— Rien, me répond-il.

Pourtant il semble bien plus paniqué maintenant que tout à l'heure sur le bateau.

— Tu n'aimes pas trop les animaux, c'est ça ? lui demande Jeanne en prenant une fraise sur le gâteau pour la donner à l'écureuil.

Je fixe Djibril, bouche bée :

— Quoi ?! Mais... Mais le lièvre. Et la loutre. Et tous les autres ?

Djibril se balance d'un pied sur l'autre, l'air très embarrassé. Il murmure :

— Oui mais, ceux-là, je ne pouvais pas les voir, moi.

Je jette un œil à Jeanne, de peur qu'elle ait entendu, mais elle est occupée à donner du gâteau à l'écureuil.

Tout à coup, je me remémore la réaction de Djibril sur le bateau, avec Goupil-le-chien, il s'était caché derrière moi.

— Mais tu me suis depuis le début...

Djibril s'écarte sur le côté quand le perroquet décolle juste au-dessus de sa tête, pour aller se poser de l'autre côté de la cuisine. Il marmonne :

— Au début, j'ai cru que c'était juste un jeu. C'est seulement quand tu m'as raconté ce que les animaux t'enseignaient que j'ai compris. Les animaux ne sont pas réels, hein, Nora ? C'est juste le moyen que tu as trouvé pour demander de l'aide.

À ces mots, je sens une énorme boule de colère grossir dans ma gorge et je tourne le dos à Djibril en serrant les poings sur la table.

Pendant tout ce temps, j'étais sûre que Djibril me croyait. Mais non, il est comme tous les autres. Les mots qu'il a prononcés sont comme emmêlés, coincés dans ma poitrine. Les vrais amis ne disent pas des choses qui font souffrir ceux qu'ils aiment.

Je meurs d'envie de lui hurler de partir mais Jeanne lui tend sa part de gâteau avec une tendresse dans le regard que je ne lui avais pas vue depuis que nous sommes arrivés.

— Au bout du couloir, tu trouveras mon bureau. Là-bas, il y a un félin mais il est empaillé, il ne devrait donc pas te déranger.

Djibril hésite un peu mais quand la chouette pousse un nouvel hululement, il détale dans le couloir, nous laissant seules, Jeanne et moi, avec les animaux dans la cuisine.

Elle repose l'écureuil dans sa panière et me demande en me dévisageant :

— Bien. Est-ce que tu vas enfin me dire ce que tu es venue faire ici ?

Je picore ma part de gâteau. C'est un de ces gâteaux à la crème que j'avais l'habitude de faire avec Maman, avant. En plus de la crème, il est fourré à la confiture de fraises.

Jeanne m'observe avec attention :

— Je vois que tu es en colère contre ton ami mais, tu sais, on a tous peur de quelque chose. Beaucoup de personnes ont peur des animaux même si j'avoue que je ne comprends pas trop. (Elle caresse la tête de la mouette qui ferme les yeux.) Toi, par exemple, tu as peur de me parler, je ne sais pas pourquoi.

— Pas du tout, lui dis-je d'un ton sec.

Elle lève un sourcil et je soupire :

— C'est juste que c'est compliqué. Vous ne pourriez pas comprendre.

— Essaie, pour voir, me répond-elle en déposant la mouette sur une pile de serviettes posée à côté d'elle sur le banc.

Je me mords la lèvre. J'ai l'impression de me retrouver à la table du petit déjeuner avec Maman, j'ai le mot « fantômes » sur le bout des lèvres. Les paroles de Djibril m'ont mise en colère et je me sens mal à l'aise... Je me demande si dire ces choses à voix haute ne pourrait pas lever ce poids qui pèse sur ma poitrine.

— Je vois des... animaux. Ils viennent me voir. Et on les a suivis.

Jeanne reste impassible. Elle a des sourcils épais et de grands yeux. Elle a aussi l'air très propre pour quelqu'un qui a en permanence un animal sur elle.

— Quel genre d'animaux?

Sous la table, je cogne mes chaussures trempées l'une contre l'autre.

— Un renard. Un lièvre. Un corbeau. Une loutre...

Pile à ce moment-là, on entend un bruit sourd qui vient du couloir et le perroquet qui miaule s'envole, battant de ses ailes rouge et bleu autour de nos têtes. Djibril surgit dans la pièce:

— Nora! me dit-il. Il faut que tu voies ça!

Il me fait signe de le suivre hors de la cuisine, le long du couloir, jusqu'à un bureau peu éclairé, rempli de meubles anciens et de cadres de photos.

— Regarde ! me dit-il, tout excité, en bondissant vers un bureau couvert de papiers pour me montrer du doigt les photos accrochées au mur. Un renard. Un lièvre. Un...

— Tigre, dis-je, stupéfaite, en découvrant l'énorme félin empaillé, tapi dans un coin de la pièce, avec ses yeux jaunes perçants et ses dents pointues.

Djibril me regarde, confus :

— Mais tu ne m'as jamais dit que tu voyais aussi un tigre ?

Pourtant, j'en ai vu un, c'est vrai. C'était il y a bien longtemps. Sa silhouette tigrée qui bondit de la valise de Papa pour devenir le fantôme qui me regarde en ce moment même dans le bureau de Jeanne. C'est comme si je l'avais retrouvé, sauf qu'il n'a plus son halo arc-en-ciel, il est figé dans une pièce sombre et poussiéreuse.

Djibril respire maintenant très vite et je prends conscience que moi, je retiens ma respiration. Je me précipite vers lui et j'observe les animaux sur le mur. Il a raison. Ils sont là, mon renard et mon lièvre. Et sur d'autres photos, la loutre, le corbeau. Et des dizaines d'autres animaux dont je me souviens maintenant avoir aperçu un bref éclat, quand Papa est parti et que j'étais en colère, ou quand j'avais peur de sauter dans la piscine en CP...

Sauf que sur les photos, ce ne sont pas des fantômes mais des animaux bien vivants.

Je me retourne en entendant du bruit derrière nous. Jeanne entre dans la pièce et nous regarde bizarrement.

— Ce sont eux, mes animaux, lui dis-je en regardant les photos sur les murs. Mais pourquoi est-ce qu'ils nous ont conduits jusqu'à vous ?

Jeanne a l'air perdue, comme si elle ne comprenait pas un mot de ce que je dis.

Alors Djibril déchire une page de son carnet et écrit quelque chose dessus.

— On a réussi, Nora. On a enfin trouvé la réponse. Maintenant, on sait pourquoi on a parcouru tout ce chemin pour venir jusqu'ici, sur cette île, au milieu de la tempête.

Il me tend la page, ainsi qu'une grosse bague en or sur laquelle un « D » est gravé.

26

Mon cœur tambourine dans ma poitrine au rythme des énormes gouttes de pluie qui s'écrasent sur les fenêtres. Dehors, le vent hurle et, quelque part, un animal lui répond.

— Ma mamie... dis-je dans un murmure en regardant la dame à la mouette, avec sa tenue en patchwork.

Jeanne m'adresse un regard perçant :

— Tu es... Nora ? La Nora de Julie ? (Elle m'observe des pieds à la tête avant de fixer l'horloge arrêtée sur le mur.) Mais tu n'es pas si grande, enfin... Attends un peu...

Elle commence à compter sur ses doigts jusqu'à dix et me regarde en clignant des yeux :

— Oh...

Les pensées fusent dans ma tête comme une nuée d'oiseaux. Je regarde la bague que Djibril m'a donnée. C'est celle que portait mon père, je m'en souviens.

— Pourquoi vous avez cette bague ?

J'ai parlé sur un ton fâché, je ne sais pas trop pourquoi.

— C'est mon fils... ton père. Quand il est parti, il y a plusieurs années, il me l'a donnée pour que je la garde en sécurité. L'an dernier, il m'a demandé de la lui envoyer par la poste mais je lui ai dit que s'il la voulait vraiment, il n'avait qu'à rentrer à la maison et aller te rendre vi...

Elle me fixe et je sens que mes joues sont en feu.

Jeanne est la maman de Papa. Ma grand-mère. Je secoue la tête en regardant la pièce autour de moi.

— Je ne me rappelle pas... Maman n'a jamais...

Mais, soudain, je me souviens de la silhouette floue en arrière-plan sur les photos et un souvenir enfoui au fond de ma mémoire refait surface, comme un trésor oublié au fond de l'océan.

Ma mamie. Qui tient ma main et celle de Papa tandis que nous courons tous les trois sur l'île. Un renard à mes pieds, un lièvre qui détale. Un corbeau qui croasse au-dessus de ma tête et une loutre qui disparaît dans la mer.

Jeanne avance vers moi mais je trébuche en arrière et mon épaule s'écrase contre les photos accrochées au mur.

— Comment pourrais-tu te souvenir ? me demande-t-elle. La dernière fois que tu es venue ici, tu avais quoi ? Cinq ans ? Et quelle journée ! À peine descendue du train, ta maman est tombée du bateau et ils ont commencé à se chamailler comme deux perruches, si bien que ton père a fait ses valises. J'ai à peine eu le temps de poser les yeux sur toi qu'on t'emmenait loin de moi.

Je regarde le tigre empaillé dont les rayures correspondent parfaitement à celles de mes chaussettes :

— Mais Maman ne parle jamais de toi... Pourquoi on ne s'est jamais revues ?

Jeanne me quitte enfin du regard pour aller redresser quelques cadres sur le mur, derrière moi.

— Eh bien, après le départ de ton père, ta maman n'était pas ma plus grande fan. Vois-tu, c'est moi qui lui ai suggéré d'aller en Inde. Il en rêvait depuis qu'on avait recueilli Adèle quand il était petit. (Elle regarde tristement le tigre.) Il voulait aider, s'assurer que plus aucun tigre ne vivrait la même chose qu'elle. Jamais je n'aurais cru qu'il ne reviendrait pas...

— Mais tu aurais pu appeler, quand même... lui dis-je d'une toute petite voix.

Jeanne croise les bras.

— Ta mère m'a clairement fait comprendre qu'elle se débrouillait *très bien* toute seule et qu'elle n'avait pas besoin de moi. Je n'allais pas la supplier encore plus que je ne l'avais déjà fait. J'ai bien compris qu'on ne voulait pas de moi.

Je sens que mes oreilles me brûlent quand Djibril me tire par la main et me murmure :

— Tu devrais lui dire. À propos de ta maman.

Je retire immédiatement ma main et lance à Djibril un regard furieux. Jeanne se tourne vers moi et nous observe, Djibril et moi :

— Ta maman ? Il lui est arrivé quelque chose ? C'est pour ça que vous êtes venus ?

Je contourne le bureau pour me diriger vers la porte et lui réponds d'un ton sec :

— Tout va *très bien*. Maman a raison, on est *très bien* toutes les deux. On n'aurait pas dû venir.

— Mais... Nora, m'appelle Djibril en essayant de me suivre. Ces fantômes que tu as vus, ce n'étaient peut-être pas des fantômes ? Et si c'étaient des souvenirs enfouis dans ta mémoire ? Ou une part de toi qui sait que tu as besoin d'aide et que ta mamie peut justement t'aider ?

Je me retourne brusquement vers lui et lui hurle :

— On n'a pas du tout besoin d'aide ! Les animaux arc-en-ciel sont bien réels, ce n'est pas un de tes jeux stupides ou une histoire que j'ai inventée.

Djibril bat en retraite et je me tourne vers Jeanne qui est occupée à fouiller dans un placard :

— Je rentre chez moi.

— C'est hors de question, répond-elle en sortant du placard un très vieux téléphone avec un long câble en spirale qu'elle branche sur une prise. Il y a une tempête dehors. Tu te noierais avant même d'avoir démarré le moteur.

Elle commence à composer un numéro et je sens que la colère monte en moi. Je ne veux pas rester ici. J'ouvre la porte du bureau et je fonce dans le couloir. J'entends que Jeanne parle à quelqu'un au téléphone et que Djibril se précipite derrière moi. J'ouvre la porte d'entrée d'un coup sec mais une bourrasque la referme brutalement. Tous les animaux dans la cuisine commencent à crier.

Je serre les dents et je me force à sortir, les gouttes de pluie bombardent mes joues comme des aiguilles. Dans mon dos, j'entends Djibril qui m'appelle mais je dégage les mèches de cheveux que le vent plaque sur mon visage et j'avance sous les arbres, vers *L'Aventurier* qui rue dans les vagues comme un cheval sauvage.

— Reviens ! me crie Djibril.

Ses mots s'évanouissent dans la tempête.

Je lui hurle de me laisser tranquille :

— Je suis *très bien* toute seule !

Je n'aurais jamais dû me rapprocher de Djibril. Maman et moi, on est *très bien* toutes seules.

On n'a pas besoin d'une mamie, d'amis, d'animaux fantômes ou de souvenirs. On n'est pas perdues et on n'est pas cassées… On est là l'une pour l'autre et c'est tout ce qui compte.

Les animaux arc-en-ciel ont eu tort de me conduire jusqu'ici.

J'essaie de défaire le nœud de la grosse corde qui attache le bateau au ponton sauf que mes mains sont complètement engourdies. Autour de moi, les vagues s'écrasent violemment sur les rochers, elles sont bien plus hautes que lorsque nous sommes arrivés, il y a une heure. Le vent est déchaîné lui aussi et ça m'effraie mais je suis aussi en colère et je ne vois rien… Et tout ce que je sais, c'est que je dois partir d'ici.

Je saute dans le bateau et les vagues qui le secouent me projettent en avant. Mes mains sont bien trop glacées pour réussir à défaire le double nœud que Djibril a utilisé pour retenir le bateau à quai. J'en hurle de rage.

— Nora, attends ! me crie Djibril en essayant de grimper dans le bateau avec moi. C'est trop dangereux !

— Va-t'en ! Je me débrouille *très bien* toute...

Pile à ce moment, une énorme vague soulève le bateau et l'écrase contre le ponton, des éclats de bois nous retombent dessus. Je me retrouve à genoux, avec un goût de sang dans la bouche. Mais quand je relève la tête pour regarder le ciel sombre, aucune trace de Djibril.

Mon cœur s'emballe et j'essaie de me redresser tant bien que mal. J'appelle dans le vent qui se déchaîne :

— Djibril ? Djibril ?!

La pluie dégouline sur les verres de mes lunettes, je ne vois rien. Alors, je les retire et je plisse les yeux en espérant apercevoir l'imprimé camouflage du blouson de Djibril.

Enfin, je distingue un poignet qui disparaît immédiatement de l'autre côté de la coque. Je me penche par-dessus le bateau en hurlant :

— Non !

Mes doigts frôlent les siens. Je le tire de toutes mes forces et l'espace d'un instant, son visage apparaît à la surface, il prend une grande inspiration, l'air terrifié, puis une nouvelle vague l'engloutit.

Une fois encore, l'eau essaie de me voler quelque chose mais ce n'est pas un vélo, c'est un ami.

Le bateau est à nouveau secoué mais cette fois, ce n'est pas une vague, c'est quelqu'un qui place ses mains sur les miennes, exactement comme Djibril l'avait fait quand j'essayais de rattraper mon vélo. Les mains attrapent le poignet de Djibril avec moi. Je lève les yeux vers le visage déterminé de Jeanne.

— Laisse-moi t'aider, me crie-t-elle.

La loutre fantôme apparaît derrière elle et, cette fois, je ne refuse pas l'aide qu'on m'offre. Pas pour quelque chose d'aussi important.

Pas pour Djibril.

Ensemble, nous tirons de toutes nos forces et, bientôt, le blouson camouflage de Djibril apparaît au-dessus des vagues. Son visage est maintenant hors de l'eau, il recrache et essaie de respirer comme il peut, puis il s'accroche au bord du bateau et nous le tenons par les aisselles pour essayer de l'aider.

C'est un soulagement de le voir dans le bateau avec nous mais nous ne sommes pas encore à l'abri du danger. Jeanne se tient bien droite dans l'embarcation et elle hisse Djibril sur le ponton pendant que je le pousse par en dessous. Puis elle me soulève et je le rejoins.

Quand je me retrouve sur la terre ferme, je reprends enfin ma respiration.

— Je suis tellement, tellement désolée, Djibril.

Je le lui répète encore et encore. Il essaie de me sourire mais il tremble de tout son corps et il recrache toujours de l'eau.

Jeanne l'aide à se relever et je passe son bras par-dessus mon épaule. Je remets mes lunettes dégoulinantes de pluie et, ensemble, nous l'aidons à marcher jusqu'à la maison.

27

Jeanne et moi aidons Djibril à grimper l'escalier qui mène à l'étage, en prenant bien soin de ne pas bousculer les cages d'animaux qui s'empilent le long de la rampe. Djibril tremble encore beaucoup alors Jeanne décide de lui faire couler un bon bain chaud. Elle transfère donc dans une grande bassine le poisson-chat qui se prélassait dans la baignoire.

— On est juste derrière la porte, dit-elle à Djibril en la refermant pour qu'il soit un peu tranquille, sans animaux pour l'embêter.

Je tremble moi aussi, je me sens si mal d'avoir dit de telles choses à Djibril. Jeanne me fait signe de la suivre dans une chambre dont les murs sont couverts de photos d'éléphants, il y a une couverture tigrée sur le lit. Je passe ma main sur les rayures tout en observant la pièce.

— C'était la chambre de mon père ?

— Oui, répond-elle en sortant une vieille paire de chaussettes et un pantalon de la commode. Mais c'était aussi ta chambre et celle de ta mère pendant pas mal de temps, tu sais. Tes parents étaient si jeunes quand ils se sont rencontrés, c'est allé très vite. Et puis ta maman t'a emmenée sur le continent et je me suis retrouvée toute seule.

Un corbeau que je n'avais pas remarqué s'envole du dessus de l'armoire pour venir se poser sur son épaule. Elle le caresse.

— C'est pour ça que tu as pris tous ces animaux ? Parce que tu te sentais seule ?

— Je n'ai pas pris ces animaux, Nora. Ce sont eux qui m'ont trouvée. J'ai toujours eu tellement d'espace sur cette île, c'était presque du gâchis. Alors bien sûr qu'ils pouvaient rester avec moi. Déjà quand ton père était petit, nos animaux étaient des rescapés de cirques qui n'avaient plus nulle part où aller.

Je repense instantanément au tigre du rez-de-chaussée, le cœur battant.

— Ils m'ont trouvée aussi... les animaux.

Jeanne continue à fouiller dans les tiroirs mais il me semble que c'est un prétexte pour ne pas me regarder et je lui en suis reconnaissante.

— Le renard. Le lièvre. Le corbeau et la loutre. Et aussi le tigre, une seule fois...

Jeanne se redresse et se retourne vers moi :

— Adèle ?

Je ne peux pas m'empêcher de sourire :

— Je croyais que c'étaient des animaux sauvages et qu'ils n'avaient pas de nom.

— C'est vrai, dit-elle en refermant un tiroir, mais le cirque lui avait donné un nom. Et puis, elle était… spéciale.

Elle s'assied sur le lit et caresse les rayures. Je m'approche d'elle et je gratte les croûtes qui commencent à se former sur ma main.

— Ce sont vraiment des fantômes, tu sais ? Ce n'est pas un jeu ou un souvenir que j'aurais inventé, contrairement à ce que pense Djibril.

Je grogne plus que je ne parle en prononçant ces derniers mots et Jeanne soupire avant de se pencher vers moi pour toucher ma main.

— Ça n'a pas d'importance, ce qu'ils sont, Nora. Il arrive qu'on voie ce qu'on a besoin de voir. Il y a des choses qu'on préfère ignorer parce qu'on voudrait qu'elles ne soient pas réelles. Mais l'univers sait comment nous faire comprendre ce qu'il faut faire. Peu importe que ces animaux soient des fantômes ou des souvenirs. Si on y réfléchit, c'est plus ou moins la même chose, non ?

À l'extérieur, le vent rugit. Je n'avais jamais envisagé les choses comme ça. Maman a ses propres fantômes, ce ne sont pas des animaux mais ses souvenirs. Ils la hantent chaque jour. Depuis qu'elle a commencé à se sentir mal, je n'ai voulu qu'une chose : les faire disparaître et empêcher les autres de voir à quel point ils sont réels pour elle.

Mais peut-être qu'il est temps d'arrêter de faire semblant. Ce n'est pas parce que je veux absolument aider Maman toute seule que j'en suis vraiment capable.

Jeanne me tapote la main :

— Figure-toi que ça fait des semaines que je rêve qu'un bateau accoste sur mon île. C'est bizarre parce que personne ne vient jamais ici. L'endroit est dangereux et il n'y a aucune raison de venir. Sauf pour m'apporter un animal, ce qui n'est pas arrivé depuis un bon moment. Les lois ont beaucoup changé depuis qu'on a accueilli Adèle, heureusement. Mais j'avais cette étrange impression que mon rêve était réel. Et, alors que je me répète depuis des années que je suis *très bien* toute seule et que c'est super, je me suis mise à faire des gâteaux et à espérer qu'on frappe à ma porte, que...

Sur son épaule, le corbeau croasse et pique des mèches de son chignon. Dehors, la pluie qui bombarde les vitres commence à se calmer.

— Maman dit aussi qu'on est *très bien* toutes les deux, dis-je dans un murmure.

— Et tu en penses quoi, toi, Nora ?

Je repense au carnet dans mon cartable, dans l'entrée, et aux terribles mots que j'y ai écrits. Je repense aussi aux mains de Jeanne qui m'ont aidée à hisser Djibril hors de l'eau et à le sauver.

— Je veux être aussi forte qu'elle…

Jeanne se penche en avant et sort un énorme livre de sous le lit. Elle tourne les pages jusqu'à trouver l'article sur les fourmis.

— Tu as déjà vu une fourmi ?

J'acquiesce lentement, en me demandant si elle a écouté un mot de ce que je viens de lui dire.

— Elles sont minuscules mais très fortes. Elles peuvent porter plus de vingt fois leur propre poids. Elles sont aussi assez intelligentes pour savoir qu'une fourmi toute seule ne peut pas faire grand-chose. En groupe, elles mettent leurs forces en commun pour soulever des choses impossibles et assurer la survie de chacune. C'est merveilleux.

Je passe mon doigt sur la photo de la fourmi.

— Je ne comprends pas.

— Il m'a fallu beaucoup de temps, à moi aussi, me dit-elle. Mais demander de l'aide, faire confiance aux autres, ça ne veut pas dire qu'on est faible, Nora. C'est même tout le contraire.

Je la regarde. Elle ne me ressemble pas, ou peut-être que si mais je ne le vois pas. Pourtant, il me semble qu'elle me comprend mieux que quiconque... un peu comme les animaux arc-en-ciel.

Je suis un peu perdue et je cherche du regard la loutre fantôme qui pourrait peut-être m'indiquer ce que je dois faire. Mais elle n'est pas là.

Je réalise alors qu'au fond de moi, je sais ce que je dois faire. Il faut juste que je trouve le courage.

Je regarde Jeanne:

— Moi aussi, j'ai un livre, enfin un carnet... Je peux aller le chercher?

Elle acquiesce tout en caressant le corbeau. Je saute du lit et je descends dans l'entrée pour me saisir de mon cartable. Je plonge ma main à l'intérieur et je prends le carnet que je serre contre ma poitrine. Je me remémore ce que Mlle Omar m'a dit quand elle me l'a donné.

Que peut-être, un jour, quand je serais prête, je pourrais le montrer à une personne en qui j'ai confiance.

Je remonte l'escalier doucement, mon cœur brûle dans ma poitrine. Jeanne est toujours assise sur le lit, elle m'attend. Je sens que les larmes montent au coin de mes yeux, alors je prends une grande inspiration.

Jeanne ouvre le carnet délicatement. Et son visage reste complètement impassible quand elle le feuillette. Même quand elle lit le passage que Nathan a lu à voix haute. Même quand elle lit les horribles mots que j'ai écrits en dessous, ceux que je m'étais promis de ne jamais montrer à personne.

Je sens que ma respiration s'emballe parce que je suis en train de montrer à Jeanne la pire chose que j'aie jamais pensée.

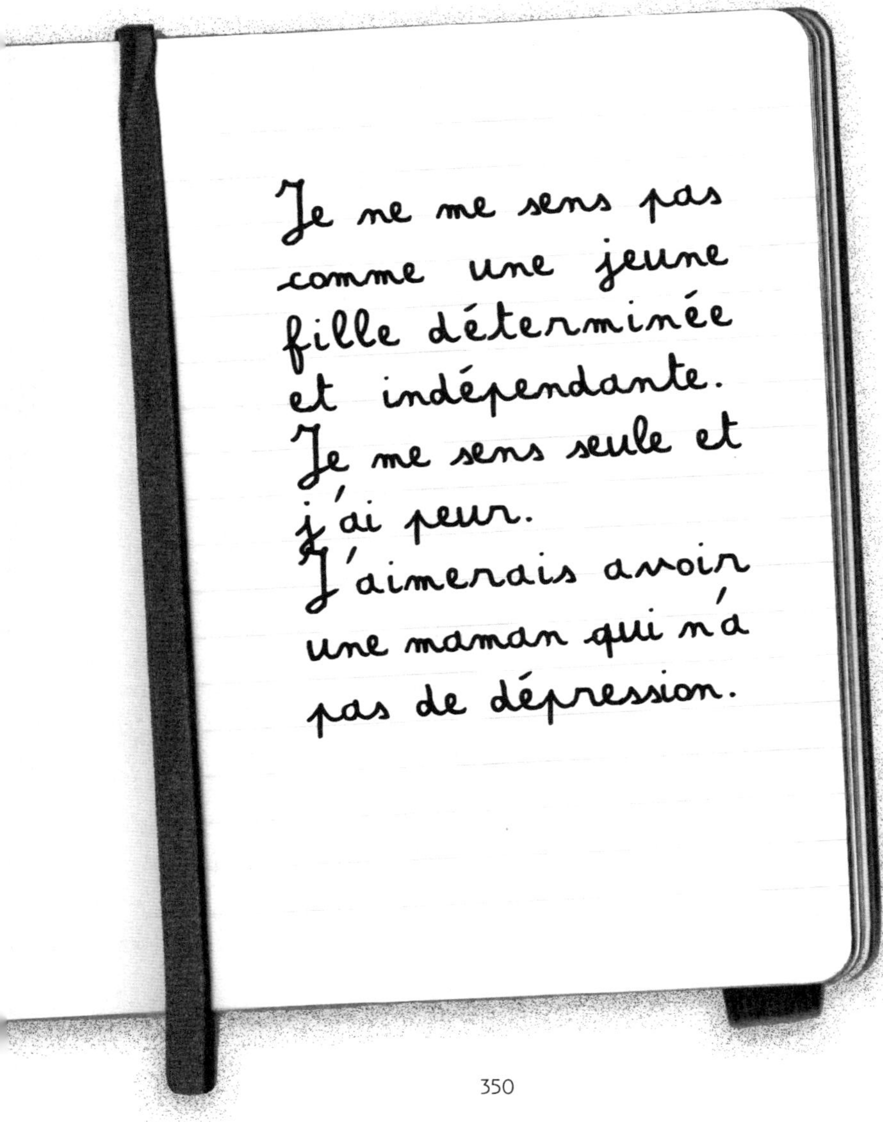
Je ne me sens pas comme une jeune fille déterminée et indépendante.
Je me sens seule et j'ai peur.
J'aimerais avoir une maman qui n'a pas de dépression.

Et même si c'est la vérité, ce n'est pas si simple que ça. J'aime ma maman, même si elle ne se sent pas très bien. C'est juste que c'est dur à vivre et que j'aimerais tellement, tellement, que ce soit plus facile.

Jeanne pince les lèvres. Le corbeau me dévisage avant de venir se poser sur mon épaule. Et puis Jeanne m'attire contre elle et me fait un énorme câlin qui sent la lavande, le gâteau et la fourrure humide.

— Nora, tu es aussi forte que la plus forte des fourmis. Sinon, tu n'aurais pas pu me montrer ton carnet.

Et dans ses bras, je me sens bien. C'est comme si j'avais enfin les deux pieds posés sur la terre ferme. Je me sens grande et solide.

Elle s'écarte de moi et m'attrape le menton avec la main.

— Ce que tu ressens est complètement normal. Tu ne dois pas avoir peur ou te sentir embarrassée. Ce sont des émotions très fortes, trop fortes pour une seule personne.

Je remarque que ses yeux ont la couleur grise de l'orage. Elle poursuit :

— Est-ce que tu serais d'accord pour que je t'aide, Nora ?

D'un côté, je meurs d'envie de secouer la tête et de courir vers la mer, pour continuer à faire comme si tout allait *très bien*. Mais ce serait un mensonge. Et Jeanne est comme un rocher immuable dans la mer déchaînée.

J'accepte de m'accrocher à elle.

J'acquiesce doucement. Et je dis « oui ».

28

Djibril ressort de son long bain aussi fripé que Goupil-le-chien mais il arbore un grand sourire. Il porte des vieux vêtements de mon père.

— Je n'avais jamais pris un bain avec autant de mousse.

Le rire de Jeanne retentit et remplit tout le palier.

— Je vais nous faire du thé, en attendant que vos parents arrivent.

Nous nous retournons tous les deux brusquement vers elle, bouche bée, et lui demandons en chœur :

— Tu les as appelés ?

Jeanne lève les yeux au ciel :

— Je n'ai rien d'une kidnappeuse, vous savez ? J'ai appelé ta maman, Nora, et j'ai parlé à Ben. Il va prévenir les parents de Djibril.

— Ils sont fâchés ? demande Djibril.

— Maman va bien ?

Jeanne nous sourit et jette un œil à l'horloge, en haut de l'escalier. Elle indique 16 h 30.

— Eh bien, vous pourrez leur demander vous-mêmes très bientôt.

Elle descend l'escalier de son pas lourd, en riant.

— Désolée, Nora, c'était vraiment une mauvaise idée de venir ici, grogne Djibril. Tout est de ma faute et...

Je lui prends la main.

— Ce n'est pas de ta faute, Djibril. Maintenant, on sait pourquoi les animaux nous ont conduits ici, non ? C'était pour que je trouve de l'aide, pour Maman et moi.

Je l'observe attentivement et je lui demande :

— Mais tu le savais déjà, non ?

Djibril semble embarrassé :

— Disons que tu ressembles beaucoup à mon grand-père, comme je te l'ai déjà dit. Et puis on est amis, Nora, on doit s'entraider. Tu m'as aidé à trouver le courage de vivre ma première « aventure de loutre » non imaginaire, ajoute-t-il en souriant.

Il serre fort ma main dans la sienne avant de grimacer :

— Bon, ma mère va quand même me priver de sortie pendant au moins une centaine d'années.

Nous descendons l'escalier sur la pointe des pieds. Jeanne est en train de finir de préparer le thé. Dehors, la pluie s'est arrêtée et le ciel se découvre petit à petit pour redevenir bleu. Avec le soleil, nous découvrons un immense jardin derrière la maison. Il est rempli de tout un tas de cages et de filets.

— Il y a d'autres animaux dehors ?

Jeanne regarde par la fenêtre avec nous :

— Quelques-uns. À cause de l'orage, j'ai rentré la plupart d'entre eux à l'intérieur. Mais les plus gros sont restés dehors.

Je regarde Djibril pour voir s'il est aussi impatient que moi mais il a surtout l'air de penser que les animaux de ce genre n'ont rien à faire dans un jardin.

— On peut aller voir ?

Jeanne hausse les épaules en continuant à verser le thé.

— Prenez vos vestes.

On se précipite dans le jardin duquel on fait le tour en suivant l'allée. Presque aussi sauvage que celui du grand-père de Djibril, il est rempli de cages en bois flotté aux clous rouillés et de volières fabriquées avec des filets de pêche. La plupart des volières et des cages sont vides mais Djibril, paniqué, manque de tomber dans une énorme mare, ce qui met une oie en colère.

— Cet endroit est un vrai cauchemar, me dit-il en haletant.

Je lui demande en riant :

— Pourquoi tu n'aimes pas les animaux ?

Il plisse le nez :

— Ce n'est pas que je ne les aime pas, c'est juste que je ne leur fais pas trop confiance. Ils sont sauvages !

Je lui montre ses chaussettes :

— Bizarre, pour un garçon qui porte des chaussettes tigrées !

— Peut-être que je suis un peu sauvage, moi aussi, répond-il avec malice.

Il rugit et me poursuit vers le fond du jardin où se trouve une grange qui abrite une vache Highland, avec de longs poils et des cornes immenses, et une famille de chevreuils. Djibril sort son carnet pour les dessiner, sans oublier le carré de peau nue de la vache ou le bois cassé d'un petit chevreuil.

— Tu es de plus en plus doué pour dessiner les animaux tels qu'ils sont vraiment, pas comme dans tes histoires imaginaires, lui dis-je, impressionnée.

— Il se trouve que les choses réelles sont aussi intéressantes que celles que j'invente, me répond-il en haussant les épaules.

J'entends des pas dans l'allée. Jeanne nous rejoint dans la grange, les bras appuyés sur la barrière rouillée qui empêche les autres animaux d'entrer.

— Qu'est-ce qui ne va pas chez ces animaux-là ? demande Djibril.

— Je ne crois pas qu'on puisse dire que quelque chose *ne va pas* chez qui que ce soit, répond-elle en me jetant un regard en coin. La vache Highland a été abandonnée par une personne qui pensait que ce serait un chouette animal domestique. C'est d'ailleurs souvent pour cette raison que ces animaux finissent ici. Mais elle fait de sacrés progrès.

Le chevreuil, au fond, s'est empêtré dans une clôture mais ça va mieux maintenant.

— Est-ce que vous les relâcherez un jour dans la nature ? lui demande Djibril.

Jeanne me regarde à nouveau puis elle se tourne vers la maison.

— Certains d'entre eux, oui. D'autres ne pourraient plus survivre seuls maintenant ou ne sont pas en état de partir pour l'instant, comme le perroquet de la cuisine. Il y a des réserves ou des zoos qui seraient intéressés pour en prendre quelques-uns mais les autres... Je suppose qu'ils vont devoir rester avec moi, ajoute-t-elle en souriant.

Djibril s'apprête à lui poser une nouvelle question quand quelqu'un appelle depuis la maison :

— Nora ? Djibril ?

— Vos parents sont là, nous dit Jeanne. Les sauveteurs viennent de les déposer, j'ai vu les phares du bateau.

Mon estomac se serre. Djibril me lance un regard terrifié et me serre la main très fort. Jeanne éclate de rire :

— Je vais aller leur parler en premier, pour adoucir un peu les choses.

Elle nous fait un clin d'œil et remonte lourdement l'allée.

Elle retrouve nos parents devant la maison. Dans ma poitrine, les vagues se déchaînent quand j'aperçois Maman, debout avec les bras croisés. Ses longs cheveux fouettent son visage et même si je suis trop loin pour voir son visage, je devine qu'elle est à la fois en colère et effrayée.

Je lâche la main de Djibril et je cours vers elle pour essayer d'arranger les choses mais Jeanne la rejoint avant moi. Je la regarde parler à Maman puis la prendre dans ses bras.

Mes pensées plongent et tourbillonnent comme des phoques perdus. Maman n'a pas l'air trop sûre de savoir comment réagir, au début. Mais Jeanne lui parle encore et encore, et les bras hésitants de Maman enlacent Jeanne à leur tour, jusqu'à la serrer fort contre elle. C'est très bizarre parce que ma merveilleuse maman, si forte et si courageuse, a soudain l'air toute petite, dans les bras de Jeanne, comme si elle avait dix ans elle aussi.

J'entends Jeanne qui dit à Maman :

— Ça va aller. On est deux vieilles mules têtues. Mais je suis là maintenant. Tu es là, maintenant.

Djibril me prend la main pour m'écarter de la mare et de l'oie en colère. Il déglutit bruyamment en voyant ses parents approcher. Les tresses de sa maman ne sont pas retenues en chignon et elles volent dans le vent autour de sa tête. On dirait la déesse des tempêtes. Son père tient ses frères contre lui, comme s'ils risquaient de s'envoler eux aussi.

— Mais qu'est-ce qui t'est passé par la tête ? lui demande sa maman en l'attrapant pour le serrer très fort dans ses bras. Mentir. Vous mettre en danger, Nora et toi. Partir de la maison pour aller chez une inconnue, sans même laisser un mot ?!

Elle relâche son étreinte pour lui adresser un regard sévère :

— Je suis extrêmement déçue…

— C'était mon idée, dis-je en me mettant devant Djibril.

— Non, c'était la mienne, répond-il dans la foulée en me tirant derrière lui.

Nous nous chamaillons jusqu'à ce que le père de Djibril soupire bruyamment :

— Ça n'a pas d'importance de savoir qui a eu cette idée stupide. Ce que vous feriez bien de retenir c'est que nous vous faisions confiance et que nous sommes très, très déçus.

Les épaules de Djibril s'affaissent. C'est la première fois que je vois ses frères aussi calmes, même si je devine qu'ils meurent d'envie d'aller voir les animaux dans la grange au fond du jardin.

Le silence s'étire jusqu'à ce qu'un adolescent s'avance vers nous. Je ne l'ai jamais vu mais je devine que ce doit être Issa, le frère aîné de Djibril, parce qu'il lui ressemble trait pour trait, en plus grand et avec une moustache.

— C'était quand même sacrément cool, dit-il.

Ses parents lui lancent un regard noir et il lève les bras en l'air.

— Quoi ? Je rappelle juste qu'on parle de Djibril le peureux. Enfreindre les règles, réussir à prendre le train tout seul, naviguer en pleine tempête pour atteindre une île mystérieuse remplie d'animaux… Je veux dire… Respect, Djibril, ajoute-t-il en donnant une petite tape dans le dos de son frère.

Djibril essaie de retenir un sourire ravi tandis que sa mère lui rappelle à nouveau qu'il ne faut pas se mettre en danger ou mentir. Moi, j'avance vers Maman qui se dirige maintenant lentement vers moi. J'aperçois aussi Ben qui parle avec Jeanne.

Je me demande un instant si elle va à nouveau exploser de colère, comme la dernière fois, parce que ce que j'ai fait aujourd'hui est bien plus grave. Sur son visage, je vois les marques que ses fantômes ont imprimées. Elle a l'air fatiguée. Je suis tellement inquiète pour elle que j'ai soudain l'impression que mon corps est aussi lourd que celui d'un éléphant.

— Maman...

— Viens par ici, me dit-elle en attrapant ma main dans la sienne qui est glacée, et en m'entraînant derrière la grange.

Je sens que Djibril m'observe mais j'entends que sa mère est toujours en train de le sermonner à propos du sens des responsabilités, alors je sais qu'il ne risque pas de nous suivre. D'ordinaire, ça devrait me soulager parce que je me sens toujours mieux quand je suis toute seule avec Maman mais, à ce moment précis, j'aimerais qu'il soit là.

Nous ne prononçons pas un mot mais les arbres parlent pour nous. Ils bruissent dans le vent qui souffle au-dessus de nos têtes, comme si le monde entier était en colère contre moi. Je veux lui dire que je suis désolée. Je veux lui dire que j'essayais seulement de l'aider. Je veux lui dire que je l'aime. Mais j'ai la bouche sèche.

Maman ne parle pas non plus mais elle serre fort ma main dans la sienne. Nous suivons un ancien sentier envahi de buissons et de ronces. Nos traces de pas laissent de grosses flaques derrière nous. Maman réussit quand même à continuer à avancer et soudain, nous nous retrouvons à l'extrémité de l'île. Le paysage se résume à la mer grise déchaînée. Les nuages se bousculent toujours dans le ciel et la limite avec la mer est floue. Ça donne l'impression qu'on se trouve devant une page blanche.

— J'avais l'habitude de venir ici avec ton père, me dit-elle en s'asseyant sur un rocher à peine éloigné de l'endroit où la terre disparaît dans l'écume de la mer.

Je m'assieds avec elle et j'observe un petit crabe à nos pieds qui va vite se cacher dans les récifs. Maman ne parle jamais de Papa, alors je garde le silence pour la laisser continuer.

— Il a toujours été sauvage, ton père. Nous avons vécu un moment ici avec Jeanne, quand nous nous sommes rencontrés et quand tu es née. J'ai cru qu'en nous coupant un peu du monde et des autres, il se calmerait et on se rapprocherait, tous les deux. Mais nous n'étions pas faits l'un pour l'autre. Il voulait partir à l'aventure et moi, je voulais travailler, ajoute-t-elle avec un sourire triste.

Elle est pâle et maigre mais elle est aussi incroyablement forte. Elle dégage les mèches de cheveux de mon visage et poursuit :

— J'ai recommencé avec toi, pas vrai ? Je nous ai isolées sur notre petite île déserte pour essayer d'apaiser les émotions sauvages qui me traversent…

Je la serre contre moi. Son pull sent bon la maison.

— Je l'aime bien, notre petite île.

Elle me serre contre elle à son tour :

— Moi aussi. Mais tu sais, je ne pense pas que ce soit très bon pour nous.

Je sens les mots qui se forment dans ma tête et, étrangement, ils me causent une douleur dans les os de la main. J'ai peur de les prononcer. Peur de la blesser alors que c'est ce que je cherche absolument à éviter. Du coin de l'œil, j'aperçois une silhouette multicolore qui trottine vers un rocher qui dépasse de l'eau, elle se retourne pour m'observer.

C'est le renard. Le renard avec lequel tout a changé quand il a débarqué dans ma chambre au milieu de la nuit.

Les vagues s'écrasent sur le rocher où il s'est installé mais il reste parfaitement immobile. Les embruns ne semblent même pas mouiller sa fourrure. Sa queue touffue est enroulée autour de son corps et il me fait un petit signe de tête, comme pour me dire : « Courage, Nora Lefroid. »

Je prends une grande inspiration.

Et je dis la vérité à Maman.

— Quand on est allées voir le docteur, j'ai cru que moi, je pourrais t'aider à aller mieux sans demander d'aide à qui que ce soit. J'ai cru que je serais assez forte pour faire en sorte que ta maladie ne change rien. J'ai cru que je pourrais faire semblant que tout allait *bien*. (Je reprends ma respiration avant de continuer.) Je crois que ça ne va plus *bien* du tout, Maman. Je crois qu'on a besoin d'aide.

J'ai l'impression qu'une décharge électrique s'abat sur nous quand je prononce ces mots mais Maman ne bouge pas. Elle me tient serrée contre elle.

— Oh, Nora… Je suis tellement désolée, ma puce. Tu sais, c'était difficile de savoir ce que je pouvais te dire ou non sur la dépression… Mais tu as toujours été si mature. Je n'ai jamais eu l'intention de te faire porter un tel poids sur les épaules, je suis vraiment désolée, ajoute-t-elle en me serrant encore plus fort.

Il me semble qu'elle pleure et moi aussi. Mais avec le bruit des vagues, le vent qui souffle dans les branches et les mouettes qui piaillent, c'est difficile d'en être sûre. Ce que je sais avec certitude, c'est que Maman est là pour moi. Et je suis là pour elle.

— Qu'est-ce que tu dirais si Jeanne s'installait à la maison avec nous pendant quelque temps ?

Je m'écarte d'elle en essuyant ma joue avec le dessus de ma manche :

— Et les animaux ?

Maman rit :

— Eh bien, je ne suis pas sûre qu'on ait la place de mettre une vache dans le jardin mais on fera au mieux. Ça nous ferait un peu de distraction.

Mon cœur bondit dans ma poitrine. Je regarde le renard sur son rocher et je remarque que sa silhouette multicolore est plus étincelante que jamais. Je me tourne vers Maman :

— Je vois des animaux fantômes, tu sais, Maman. Ce sont eux qui m'ont conduite ici. Ils savaient que Jeanne pourrait nous aider.

Maman sourit et replace ma mèche de cheveux derrière mon oreille :

— D'accord, mais aussi excitant que ce soit, la prochaine fois, viens m'en parler avant de suivre des fantômes au bout du monde.

J'acquiesce et je sens mon cœur qui explose de joie :

— Tu sais, le renard est sur un rocher en ce moment

même. Peut-être que toi aussi, tu peux voir sa silhouette multicol...

Je ne finis pas ma phrase parce qu'en me retournant vers la mer, je découvre qu'il a disparu. Je me lève et je le cherche du regard dans les arbres vides et les vagues grises, mais pas le moindre éclat de pelage roux...

Je suis terriblement déçue. J'avais espéré que le renard pourrait rester près de moi, pour m'indiquer comment être aussi courageuse et forte que Maman.

Maman me rejoint avant de pointer du doigt les nuages qui floutent l'horizon :

— Je ne vois pas de renard, dit-elle, mais il y a un arc-en-ciel. Regarde.

Je lève les yeux et je devine un arc-en-ciel, moi aussi. Il est encore faible mais ses couleurs sont de plus en plus lumineuses. Il forme un arc parfait qui s'étire d'un bout à l'autre du ciel, comme une nouvelle histoire qui s'écrirait sur une page vierge. Une histoire courageuse et pleine d'espoir.

— Je le vois moi aussi, dis-je en souriant.

29

Au début, j'ai cru que tout changerait du jour au lendemain mais Maman dit que ces choses-là prennent du temps.

Jeanne doit trouver les bonnes personnes pour s'occuper de ses animaux. Pour certains, c'est facile. Par exemple, la vache Highland est partie dans une ferme spécialisée en Écosse. Mais pour d'autres, comme la chouette, c'est plus long, il faut rencontrer les bonnes personnes et s'assurer qu'elles sauront s'en occuper.

En attendant, Djibril et moi, on est punis, on ne peut donc se voir qu'à l'école. On a quand même trouvé le moyen

de communiquer en se faisant des signes à la fenêtre, quand il est chez son grand-père.

À l'école, je repense beaucoup à ce que Maman a dit à propos de s'isoler sur sa petite île, alors j'oblige Djibril à sortir de sous son arbre couvert de fleurs roses qui tombent en cascade. Maintenant, on reste dans la cour, avec les autres. On joue aux jeux que son papy lui a appris comme « la course du lièvre » ou « devine le corbeau ». Et finalement, il se trouve qu'il y a beaucoup d'enfants aussi bizarres que nous.

Mais parmi eux, il n'y en a qu'un seul qui s'est aussi mis à porter des chaussettes tigrées.

— Nathan ! l'appelle Djibril pour lui demander de lui faire la passe au foot.

Et Nathan lui envoie le ballon. Pas dans la figure cette fois mais vers son pied. Et tant pis si Djibril ne le réceptionne pas, ça fait rire Nathan qui lui met une petite tape dans le dos.

— T'es trop nul au foot !

Djibril éclate de rire et abandonne le match pour venir s'asseoir sur le banc avec Anya et moi, et dessiner des animaux multicolores.

— N'empêche que je suis meilleur que lui en dessin, dit Djibril qui se concentre pour dessiner une parfaite vache Highland.

Mlle Omar et Mlle Rose se tiennent debout derrière nous et je suis sûre qu'elles repensent à la bagarre qui nous a opposés il y a un mois de ça. Elles doivent se dire que tout peut changer très vite. C'est ça, l'amitié : elle peut surgir de nulle part, comme un animal fantôme multicolore qui illumine soudain la nuit dans laquelle on était plongé.

Le soir après l'école, on dit au revoir à Nathan devant chez lui et Djibril pédale le long du canal pour nous ramener à la maison. Il va tout doucement pour qu'on puisse rester ensemble le plus longtemps possible avant d'être à nouveau punis chacun chez soi.

Mais très vite, on arrive dans notre rue et j'aperçois un gros camion garé devant ma maison, avec Jeanne qui crie de faire attention aux cages.

Je saute du vélo et je cours aussi vite que je peux vers elle pour la serrer dans mes bras.

— Attention, rit-elle. Je suis une vieille dame, tu sais. Tu vas me renverser, avec des câlins pareils.

Mais elle est assez forte pour tenir debout dans les pires circonstances.

Je lui souris :

— Ça y est, tu emménages enfin ?

Elle fait un signe de tête en direction du camion et j'aperçois Maman qui rigole avec un déménageur aux cheveux bruns. Ils essaient de convaincre une mouette unijambiste en colère de rentrer dans sa cage. Les joues de Maman sont rouges et elle rit à gorge déployée. Je serre fort le bras de Jeanne.

— Combien d'animaux vont vivre avec nous ?

— Huit, me répond-elle. En plus d'Adèle que je n'avais pas le cœur de laisser seule.

Je me précipite en riant vers le salon où le tigre empaillé m'attend, dressé près des rideaux grands ouverts.

Notre maison est animée de toutes les créatures dont la vie sauvage ne veut plus. Le corbeau dont j'ai fait la connaissance dans l'ancienne chambre de mon père est sur un perchoir, dans le jardin. Ben et le père de Djibril sont en train d'assembler une volière pour lui. Il n'y a pas de chevreuil mais on peut trouver un terrarium avec une araignée, derrière le canapé. Et il y a un écureuil gris accroché aux rideaux.

Je grimpe les marches quatre à quatre pour aller voir si Djibril est déjà à sa fenêtre et je découvre un renard, roulé en boule au pied de mon lit.

Je me fige et je cligne des yeux pour voir si sa silhouette est multicolore. Je n'ai pas revu un seul animal arc-en-ciel depuis notre aventure sur l'île il y a un mois. Mais ce n'est pas un fantôme, il est bien vivant.

Je m'accroupis près de lui pour l'observer. Il relève la tête pour me regarder lui aussi.

Il ne ressemble pas du tout à mon renard fantôme. Il paraît plus âgé, sa fourrure est barrée de cicatrices et il a un oeil tout blanc. Je tends la main vers lui pour lui demander la permission. Il la renifle et repose sa tête pour m'autoriser à le caresser.

Cette fois, ma main se pose sur sa fourrure rousse et rêche. Mon cœur gonfle dans ma poitrine :

— Tu es en sécurité, maintenant, lui dis-je en chuchotant. Je m'appelle Nora et je suis là pour t'aider.

Le renard soupire et ses paupières se ferment lentement, comme s'il arrivait au terme d'une trop longue journée. Je reste près de lui un long moment, jusqu'à ce que mes yeux commencent à se fermer, quand j'entends qu'on m'appelle en bas.

— Nora ? On a une surprise pour toi.

Je me demande ce qui pourrait être plus surprenant qu'un renard couché au pied de mon lit.

Je me précipite dans la cuisine. Je ne sais pas comment elle fait, mais Jeanne est en train de couper des légumes pour faire des lasagnes maison, avec sa mouette dans les bras.

— Dans le jardin, me dit-elle avec un clin d'œil.

Je cours à l'extérieur et je découvre Ben, Maman, Djibril et toute sa famille rassemblés autour de quelque chose que je ne vois pas.

Je demande en riant :

— C'est une nouvelle Adèle ?

Alors ils s'écartent tous et là, brillant de mille feux dans les mains de Ben, se tient mon vélo rouge, revenu d'entre les morts.

Ma respiration s'accélère, je regarde tour à tour Maman et Djibril. Je dois faire erreur parce que mon vélo à moi est perdu à jamais. Au fond du canal.

Une main se pose sur mon épaule. C'est Jeanne qui me pousse à avancer.

Je tends la main et sous mes doigts, je sens le cadre en métal bien réel, les poignées en caoutchouc et la suspension à l'avant. Il est presque parfaitement identique au vélo de mon souvenir, sauf qu'il a une belle selle flambant neuve et une sonnette tigrée sur le guidon.

Je regarde Maman qui rayonne de joie. Je demande dans un souffle :

— Mais comment ?

Djibril donne une grande tape dans le dos de Ben :

— C'est Ben qui l'a repêché ! Il le répare chez Papy depuis des semaines.

— Oh, tu sais, je n'aurais rien pu faire si Djibril ne m'avait pas montré l'endroit exact où il avait disparu, dit Ben d'un air gêné.

Je les prends tous les deux dans mes bras en les remerciant encore et encore :

— Merci, merci, merci !

Maman se joint à nous et Jeanne aussi et, bizarrement, le déménageur aux cheveux bruns aussi. Il se tient bien près de Maman.

On se serre tous dans les bras et on rit. Je me trouve au centre de cet énorme câlin et à cet instant, je me sens aussi forte qu'un millier de fourmis.

— Eh bien vas-y, essaie-le ! me lance le père de Djibril.

Je grimpe sur le vélo en tremblant, j'essaie ma nouvelle sonnette, déclenchant les cris de joie de tous ceux qui m'entourent, humains et animaux. Je donne un coup de talon pour m'élancer et c'est comme si je retrouvais toutes mes sensations. Un immense sourire me fend le visage.

Djibril court vers le portillon qui ouvre sur le chemin longeant l'arrière des maisons.

Je m'arrête pour le laisser grimper sur le porte-bagages et je m'élance avant que nos parents aient le temps de nous rappeler que nous sommes punis.

Ensemble, nous roulons jusqu'au bout de l'allée et nous prenons le virage vers la rue qui nous ramène devant ma maison.

Plus on roule vite, plus je me sens légère, légère.

— Attention ! Vélo fantôme en approche ! chantonne Djibril en riant.

Le canal et la nature sauvage m'appellent mais cette fois, je fais demi-tour au bout de la rue et je retourne vers la petite foule qui m'attend devant la porte rouge de ma maison.

Debout sur les pédales, je m'écrie :

— Ce n'est plus un fantôme ! Il est bien vivant !

Bonus

Réalisés en collaboration avec Sarah Marquant, enseignante spécialisée rattachée au service pédiatrique du CHU d'Amiens.

SYMBOLIQUE DES ANIMAUX ARC-EN-CIEL

Le renard, animal rusé qui sait échapper aux dangers grâce à des sens très acérés, symbolise la capacité à voir au-delà des apparences, à percevoir des vérités cachées.

Le lièvre est un animal prudent et craintif au premier abord car il demeure une proie dans son milieu naturel. Aussi, il symbolise la peur, mais également, de par ses longues oreilles, le besoin d'être toujours en alerte, l'intuition et la prudence.

Le corbeau est considéré dans de nombreuses traditions comme un messager de la transformation et du changement. Il est réputé pour construire son nid dans de très grands arbres. Il peut ainsi avoir une meilleure vision ou perspective de son environnement, c'est pourquoi il symbolise souvent la perspicacité.

La loutre, de nature joyeuse et espiègle, est un animal amical et sociable : comme le loup qui vit en meute, la loutre reste près de sa famille et des siens. Par exemple, quand les loutres dorment dans l'eau, elles se tiennent les unes et les autres par les pattes pour ne pas se séparer et dériver seules. Elle est un symbole de stabilité, une île dans les flots de vie.

SUBMERGÉ PAR TES ÉMOTIONS ? TRUCS ET ASTUCES

Si, comme Nora ou Nathan, tu te sens parfois submergé par tes émotions à la maison ou à l'école et que tout ne va pas toujours très bien, ne t'inquiète pas : il y a des solutions.

Le plus important est d'écouter tes émotions, ne pas les garder pour toi, et de mettre des mots dessus. Le but est d'exprimer ce que tu ressens, même si c'est parfois compliqué. Cela te permettra de bien mieux les comprendre !

Quand tu en as besoin, tu peux :

- prendre un carnet et y noter tout ce que tu ressens, qu'il s'agisse de pensées positives ou négatives, de petits ou de gros problèmes, de moments de rire ou de panique.

- si tu te sens plus à l'aise avec le dessin, n'hésite pas à t'exprimer ainsi, en représentant tout ce qui te passe par la tête, même si c'est juste en griffonnant. Laisse libre cours à ton imagination !
- si tu n'aimes pas les crayons, tu peux essayer de t'isoler dans un coin calme (un tipi, une cabane) ou même délimiter une zone tranquille en te posant sur un tapis. Ce petit cocon te permettra de te recentrer, te retrouver, t'apaiser. Et pourquoi pas écouter de la musique ou faire quelques exercices de respiration, des étirements comme du yoga?

Ensuite, parler à une personne de confiance autour de toi aide généralement à te sentir mieux. Il peut s'agir d'un membre de ta famille, d'un ami ou d'un professeur à l'école. Parler à quelqu'un s'avère parfois difficile, mais cette personne est là pour t'écouter. Tu ne la dérangeras pas en allant te confier à elle. Tout comme toi tu es là pour ta famille et tes amis, n'oublie pas que eux aussi sont là pour toi.

LE JEU DU LABYRINTHE

Parfois, la vie ressemble à un vrai labyrinthe et les émotions ne sont pas toujours faciles à gérer. On ne voit pas forcément la sortie. Et pourtant, elle n'est jamais bien loin.

Alors pourquoi ne tenterais-tu pas de résoudre ce labyrinthe ?

Tu peux aussi essayer le coloriage, le dessin, le collage, la danse, le théâtre, ou toute autre activité créative qui te fera du bien. En effet, faire appel à l'imagination peut aider à libérer ses pensées et ses émotions. Cela peut avoir de réels bienfaits physiques et émotionnels.

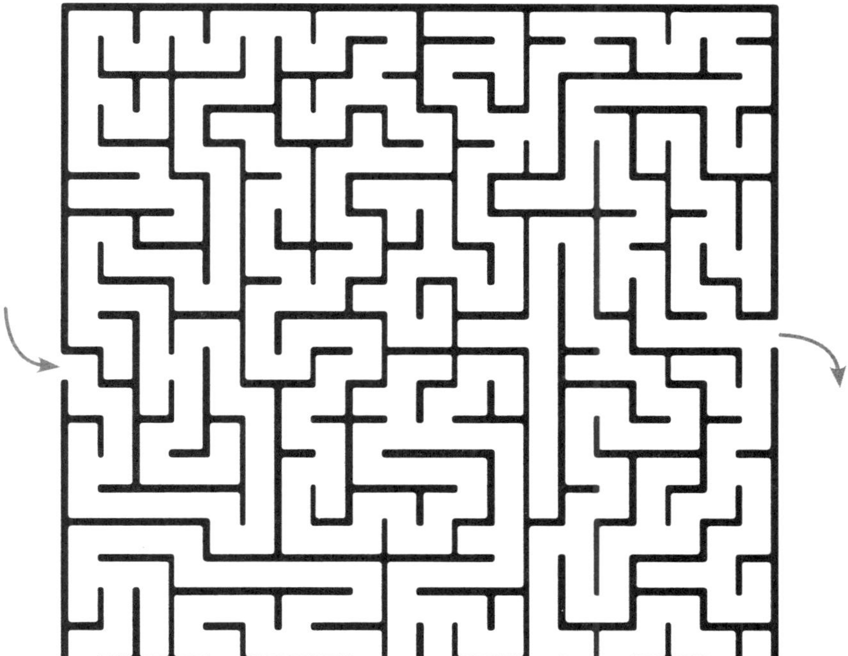

VIVRE AVEC UN PROCHE EN DÉPRESSION

Il est important de préciser avant tout que la dépression est une maladie, et que les médecins peuvent la traiter (avec des médicaments, des thérapies, parfois un séjour à l'hôpital). Cette maladie peut donc se guérir même si le chemin est parfois long.

L'arrivée d'une maladie dans la famille est souvent un choc pour chacun de ses membres. Elle annonce le début d'une période méconnue et difficile. Le quotidien est bousculé. Comme pour Nora et sa maman, préparer un repas ou organiser des sorties ensemble n'est parfois plus possible.

Pour les maladies invisibles comme la dépression, il est difficile de se rendre compte depuis l'extérieur de ce que vit la personne touchée. Le cerveau ne fonctionne plus de la manière habituelle. Ne plus pouvoir communiquer comme avant avec quelqu'un qu'on aime est souvent mal vécu.

Des solutions existent toujours. Elles peuvent être appliquées dans certaines situations, mais comme chacun vit une dépression différemment, seule une bonne communication peut t'aider à savoir ce qui peut être utile.

Voici quelques pistes pour avancer :

• Passer du temps ensemble et profiter des moments de partage quand il y en a. Si les sorties et les vacances en famille restent possibles, il vaut mieux les apprécier à leur juste valeur en évitant de parler de la maladie. Ces moments loin de celle-ci et du stress qu'elle suscite se transformeront en instants privilégiés et feront le plus grand bien à tous. Vivre et revivre des instants de joie améliore l'état émotionnel de chacun, même quand le sourire vient difficilement. Se remémorer des souvenirs communs, qu'ils soient bons ou mauvais, peut aussi réconforter.

• Communiquer ses émotions. Cela peut t'apaiser et inviter les autres à partager leurs émotions. Ainsi l'impact est positif pour tous. Tu peux être vulnérable avec ta famille et tes amis, te poser des questions sur ce que tu ressens et le dire à haute voix à des gens qui t'aiment te fera du bien.

• Donner et recevoir de l'affection. Dans un moment où tout semble s'écrouler, rester le plus soudés possible donne des forces. L'amour et l'affection vécus ensemble ont un impact plus important que quand on vit sa tristesse seul. Avec un câlin, souvent, tout paraît possible. Toutefois, il est important également de souligner qu'il ne faut jamais se forcer.

• Garder à l'esprit que tu es un enfant. Même si un parent n'est plus en totale capacité de s'occuper de la maison, tu ne dois pas remplacer l'adulte. Tu peux donner des coups de main, mais ce n'est pas à toi d'endosser toutes les responsabilités des adultes. Tu dois vivre ta vie d'enfant à l'école et à la maison. N'hésite pas à demander de l'aide à d'autres membres de la famille ou à une personne de confiance si la personne dépressive n'y arrive pas.

- Ne pas s'isoler. Les amis et les proches sont d'une grande aide dans ces moments. Se confier et accepter de se faire aider n'est pas une faiblesse, bien au contraire.
- Se faire accompagner par un spécialiste pendant cette période difficile peut être bénéfique pour chaque membre de la famille. Le thérapeute trouvera les bons mots pour expliquer la situation et pour la faire accepter au mieux.

À PROPOS DE L'AUTRICE

Sarah Ann Juckes écrit des livres pour la jeunesse et travaille à l'université d'Oxford. Son premier roman pour jeunes adultes, *Outside*, a été nommé pour le *Carnegie Medal Award 2020*. Elle vit à la frontière des Cotswolds (dans le sud-ouest de l'Angleterre), avec son conjoint et son chat.

À PROPOS DE L'ILLUSTRATRICE

Sharon King-Chai est une illustratrice et graphiste primée. Née en Australie, elle vit à présent à Londres. Elle travaille sur la création de logos ou l'identité visuelle de marques, sur des couvertures de livres et sur de nombreux projets. Elle a écrit et illustré à son propre album, *Starbird*, en 2021.

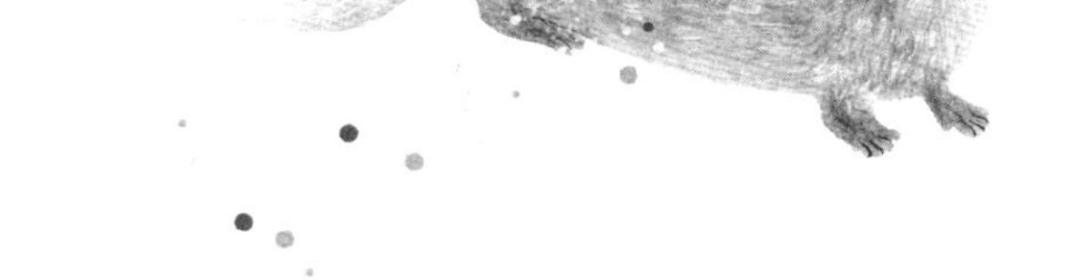

NOTES DE L'AUTRICE

Les moments précieux que nous vivons nous accompagnent tout au long de notre vie. Ils laissent une trace en nous qui est à la fois là et pas là, comme un animal fantôme. On peut les apercevoir pendant qu'on rêve les yeux ouverts ou découvrir par surprise qu'ils se tiennent à l'affût, enfouis dans les profondeurs de nos pensées.

Pour Nora, ces fantômes sont apparus au moment où elle en avait le plus besoin. Ils lui ont montré qu'elle n'était pas seule et que demander de l'aide pouvait tout changer. Ils ont pris la forme d'un renard, d'un lièvre, d'un corbeau, d'une loutre et même, une seule fois, d'un tigre nommé Adèle.

Bien que je n'ai plus la chance de recevoir la visite d'animaux fantômes (le chien imaginaire de mon enfance a fini par se lasser et m'a abandonnée), je suis toujours hantée par les histoires. Pendant que j'écrivais ce livre, une histoire en particulier ne m'a pas quittée. C'est celle de ma grand-tante Kathleen. Ma grand-mère nous régalait de ses histoires, ma sœur et moi, lorsque nous étions petites. Il semble que ma grand-tante avait un renard dans sa véranda, un poisson dans sa baignoire, une mouette sous le bras et même un singe dans son jardin... pour ne nommer que ceux donc je me souviens avec certitude. Sa maison entière était à disposition des animaux dont personne ne voulait. J'avais oublié cette histoire, jusqu'à ce qu'elle me revienne au milieu de la nuit, en pressant ses pattes contre ma poitrine.

S'il y a bien une chose que j'ai apprise auprès de Nora en écrivant ce livre, c'est qu'il faut être attentif aux fantômes qui nous apparaissent. Que ce soient des souvenirs, des pensées ou des sentiments, ils ne surgissent pas par hasard. Ils peuvent nous aider à reconnaître ces parties de nous qu'on enfouit profondément, ils peuvent nous rappeler que nous sommes courageux. En les suivant, on peut s'ouvrir à des nouvelles amitiés. Et quand on se sent enfin assez fort pour en parler, ils peuvent nous aider à trouver l'aide dont nous avons besoin pour devenir encore plus fort, ensemble.

DANS LA MÊME COLLECTION

Les Aventures involontaires des sœurs Mouais
Kara LaReau, Jen Hill

Chasseurs de monstres
Ian Mark, Louis Ghibault

Élisabeth sous les toits
Vincent Cuvellier, Guillaume Bianco

Les Lapins de la Couronne d'Angleterre
Santa Montefiore, Simon Sebag Montefiore, et Kate Hindley

La Légende de Maurice
Philip Reeve, Sarah McIntyre

Maverick ville magique
Églantine Ceulemans

Nounouilles attaque!
Stéphane Nicolet

Le Temps des Mitaines
Loïc Clément, Anne Montel

PARS À LA POURSUITE DE LITTLE URBAN:

www.little-urban.fr

@editionslittleurban @little.urban

À LA POURSUITE DES ANIMAUX ARC-EN-CIEL
Titre original : *The Night Animals*

Loi n° 49-956 du 16 juillet 1949 sur les publications destinées à la jeunesse.
ISBN : 978-2-3740-8612-5
Première édition
Adaptation graphique : Fanny Bouchet et Camille Aubry
Traduction : Véronique Mercier-Gallay
Little Urban, 57, rue Gaston Tessier, CS 50061, 75166 Paris Cedex 19
Achevé d'imprimer en 2024 en Italie sur les presses de D'Auria Printing,
Zona Industriale Destra Tronto, 64016 Saint'Egidio Alla Vibrate (TE), Italie.

PEFC
PEFC/18-31-954
Certifié PEFC
Ce produit est issu de forêts gérées durablement et de sources contrôlées
www.pefc.it